总第30卷

2021年秋季号

诗建设

主编 泉子

长江出版传媒
长江文艺出版社

诗建设

NO.30

目录

马琦作品
不规则的椭圆 NO.4
IRREGULAR ELLIPSE NO.4
100cm×80cm
布面综合
2019

开卷

Decoil

诗建设

蒋立波

蒋立波，又名陈家农，浙江嵊州人。曾获“柔刚诗歌奖”主奖（2015）、黎巴嫩国际文学奖（2020）等奖项。有诗集《折叠的月亮》（1992）、《辅音钥匙》（2015）、《帝国茶楼》（2017）、《迷雾与索引》（2020）、《词源学》（待出）。现居杭州远郊。

蒋立波

诗选·11首

晨读阿莱士·施蒂格[①]

一本诗集的封面上，一只蝴蝶飞临。
敛翅的瞬间让一场风暴安静下来，
那些大大小小的圆像无数餐盘在我眼前旋转。

在无数个偶然中，它被一个必然选中。
在无数的睡眠中，它只被一个梦所虚构。
纤细的足像是试探：这是中欧的一个微型机场吗？

仿佛引擎还在轰鸣，诗学里的地缘政治微微震动。
优雅的姿态接近于一次完美迫降，
“从伤口另一端”，新建的跑道指向你的缺席。

小语种里拱出更灵敏的触须，它们总是那么迅捷
找到清晨的光线如寻求词语的庇护。
意义保持了必要的沉默，以便事物开口说话。

翅翼如书本合拢，你被关在里面等待庄子的解救。
作为你从未谋面的陌生读者，
我的舌尖被回形针别进一条向内弯曲的道路。

藤条桌面上，光在玻璃内部“经受无尽的变幻和滤析”。
蝴蝶携带的风暴让地图的页边翻卷，
而遥不可及的原文躲在背后，发出善意的嘲讽。

①阿莱士·施蒂格，斯洛文尼亚诗人，著有诗集《从伤口另一端》。

昆虫研究

给张壬

你拍下这么多昆虫，我叫不出它们的名字，
也认不出它们的样子，更不知道
它们所从属的目、科、种、属。
但我应该在哪里见过它们，听过它们演奏的音乐，
那神秘的音叉、琴键、簧片，身体的发声学。
我所缺失的恰恰都被它们所拥有，
我不可能借到它们的翅膀、触角、口器、伪足，
它们的管状心脏、梯形神经和越界的器官、拟态的涂料。
我只拥有莫名的敌意与一腔无用的怒火，
像一盘西瓜上空低低盘旋的苍蝇，
将一颗碧绿的头颅奋力投掷，
但我不可能借到它的复眼，以便反复计算
向一首意外的诗发起突袭的距离。
我拍死过的蚊子莫非已多于冒死投奔的文字？
这样的提问并不夸张，因为只有绝望
约略相同，像诗句的刺吸式细针日夜抽取
却在一瞬间将一袋救命的血浆归还。
区别仅仅在于，我们一次次地死里逃生，
窃喜于第二天醒来仍有一碗稀粥，

就着一碟花生米，和刺鼻的雾一起吞吃。
偶尔羡慕金龟的甲胄、螳螂的大刀，
等待一个堂吉诃德借我的身体还魂。
更多时候你或许会赞同，有必要在歌剧院的乐谱上
嵌入蟋蟀的音键，在鑫斯的电报机里
抢救出银河系发来的电波。
——天牛。田鳖。蝼蛄。窃蠹。
——姬蜂。寄蝇。石蛾。龟蝽。
你熟悉它们如同你诗行里的每一个标点
都由它们构成，甚至你每一天的晚安
都模仿了它们的口型和腹语。
尽管失散每大都在发生，再见
或许就是两颗行星之间的永不再见。
每天，胡蜂举着螯针，蜻蜓替我们携带细长的塔身，
在黏稠的气流中超低空飞行，而蜉蝣
忽然生，忽然死，用一日叫板我们冗长的一生。
你日复一日拍摄它们，是否是要告诉我们
晦暗的时刻还有瓢虫的星辰闪耀，屎壳郎寄身的粪堆里
也有一个微观的宇宙在翻身，并且从那里
齐刷刷探出一张张迷惘而严肃的脸。

听力中的重音

我的听力开始变得越来越迟钝，
许多次和朋友交谈，我都要侧过耳朵
才能把听力中的重音加以辨认。
即使惊雷，当它抵达我的耳膜，
也可能只约等于蚊蝇的嗡鸣。
但也有例外，每当夜深人静，
我无数次从睡梦中醒来，

然后，长久地失眠，就像一个囚犯
被流放到一颗荒凉的星球上
那种漂浮，抛离，无所依傍的茫然。
而正是这样的时刻，我会不由自主地
被若干种细微的声音所吸引。
我知道，那是油亮的蟑螂
在高大的书架上疾走，小乌龟
在塑料盒子的内壁上一次次
攀爬，又一次次，重重地跌落。
通过丝状触须小心地探测，和脚趾
奋力地抓取，书页间沉默的部分，
黑暗中那些无法翻译的语种
得以被触及，词的交媾和繁殖
也在反复的摩擦中被照亮。

露营记，或怀疑论的星空

古老的夜空中，星辰的运行寂然无声，
而耳畔蚊子的轰鸣震耳欲聋。
浸在山塘里的西瓜，像两枚苦闷的水雷
努力抑制着炸裂的欲望。
“一弯干旱的新月，扑向泥土深处沉睡的人民。”
石榴已经成熟：那些代替时间裂开的词语，
几乎听得到砰然坠地的声响。
我相信宇宙内部有着更多的籽粒，更多
怀疑打制的宝石和从怀疑中领受的
各自的道路。
更多的道德，忍受着无尽的拷问。
尽管自始至终我都无法确认哪一颗是北斗，
自始至终，我们之间隔着茫茫的时空。

雷卡相机的镜头里，
亿万颗星星暂时停止了走动。
一顶顶安静的帐篷，犹如被星光灌溉的蘑菇。

己亥年正月十二，与友人雨中同访郁达夫故居

连日冻雨，富春江寒雾茫茫，
像一个乱世中的祖国不可触抚。
偶有零星雪籽，频频袭扰疲倦的雨刮器。
来不及返青的柳条在耐心地垂钓
现代文学史上一个失踪者的形象。
你曾经出发的南门码头犹在，
但被时间废弃的航道已不可能再次挖开，
只有青铜的身体里沉埋的铁锚
还在紧紧拽住不可靠的记忆。
仅仅一个下午，我们竟然几次遇见了你：
在富春山馆，在故居门口，在鹳山公园，
在陈列柜展示的模糊的照片上。
但究竟哪一个才是真实的你？
清癯的，英俊的，落拓的，颓丧的……
或许一个都不是，或许每一个形象的意义
仅仅是为了背叛另一个形象，
就像玄铁否定青铜，发黄的纸张否定玻璃。
旧体诗否定意识流小说。
春天斜体的细雨，否定迷雾深处
被用力拧出的悲剧的生平。
快要开谢的两株蜡梅像互相争吵的
上联和下联，在平仄中构成一个更大的矛盾。
敲打芭蕉的苦雨，反义于一只柚子内部
因不断皱缩而缓缓聚拢的甜。

寒露纪事

连续两场婚礼之后，寒露如期来临。
旅店窗外的水杉树仍有翠绿的针叶，
再远一点，是秋风中瑟瑟发抖的冻柿子，
像是在蓄积全身的力气以给大地最后一击。

这一年里，我究竟送走了几位同龄人？
甚至有的我都来不及送行，直到几个月之后
才知道她已经离开这岁月静好人间。
临终的疼痛，无法被词语的末梢神经搜集。

而晚辈们在迅速地长大，那必然的霜雪
还追不上他们，他们拥有的玫瑰，钻戒和甜度，
从厌食的世界获得祝福。鸟雀在树杈上跳跃，
这年幼的檀木，不妨同时有乐谱架和弹弓的理想。

有人拎着一条鲈鱼从菜市场回来，
没有刮尽的鳞片，隐约闪现刀锋的训诫。
隔墙有寺，隔着凛冽的薄雾送来冻僵的钟舌。
树巅上的木鱼，以挖空的内脏书写教义的腹稿。

三苏园赏侧柏，致苏轼

侧柏，侧身而过的侧，也是侧目而视的侧。
这是不是意味着你留给我们的始终只是
一个侧面？如同展厅里挂着的一幅幅画像
在互相补充，拼贴，缝缀，又在毫不留情地
互相揭发，推翻，质疑。哪怕是据说
最接近你真容的那一幅，“右颊黑痣数点”，

也仅仅是给历史的迷案再添加若干疑点。
到茨笆镇右转，就进入通往三苏坟的小道，
我们穿过美甲店、银行、东坡书屋、中国移动，
寻找通向你的一条线索。中巴车一路颠簸，
堪比坎坷生平与履历，像苹果手机的屏幕上
震出的一串乱码，那难以破译的歧义和现代性。
路边两行柳树，像是特意贴上去的睫毛，
用西湖那里借来的睫毛膏。而眉毛在更远处，
有着刚描出的淡淡的墨痕，像四处飘零的偏旁
注定失去籍贯。事实上，你就是自己的偏旁，
习惯站在自己的旁边观看，但这并不妨碍
无数个你之间构成的锐角，那全部的现实：
开阔与狭隘，坦途与陡峻，返乡与流放……
从眉山到郏县，你就是你的天涯、边境、明月。
你涉足过的二十四个地方，给你送来各自的
一抔泥土，这些命运般固执地追随过你的泥巴，
在你死去千年之后，仍像父亲和兄弟那样
保持着最大限度的忠诚。奔趋的肉身速朽，
但来自永恒的酬谢将不断地到来，犹如
白杨树后面涌动的麦苗，在一茬茬地返青。
树梢上的一只鹊巢，像你为我们标出的疑问、
记号和提示，它空出来，成为时间的容器
或当代的留白。而唯有葱翠侧柏让我惊心，
它们顺从风的吹拂，顺从那无名之力的扭动，
一律向同一个方向俯身，但与其说故乡在望，
毋宁说故乡本身就是最大的穿凿，死去的喜鹊
用仍然坚硬的喙凿开人类的傲慢，纠正我们
走调的方言。乌鸣的橡皮擦负责擦去比党派
更固执的偏见，默温写给你的那一封信，
则由白云负责代收。扁平的侧柏叶在静静落下，
一层层把你覆盖，像细小的鳞片裹紧我们

共同的伤口。有别于松针的尖锐，它在药柜里
是一味凉血止血的中药，“归肺、肝、脾经”。
千年之后仿佛你在告诫：“煎服，6—12克。
外用适量。止血多炒炭用，化痰止咳宜生用。”
千年之后一枚肺叶在霾中畅游，它懂得我
这裸子植物门外的旁听生，也有交互对生的沉默。

入剡记：后视镜里的落日

后视镜里的落日，像一颗硕大的头颅
滚动在故乡的断头台上
农药的气味里，挖掘机沮丧于
已经没有多少乡愁可挖

酒桌上迟到的秘书，沮丧于一根格律的权杖
那伸得过长的手臂像非法的破折号
引申出一个“无主体”的深渊：人皮绷紧的
天空。词源里无法查找的沃罗涅什
松开的领带，让中年的乡绅
拥有了一个伦理的喉结

蚕还在桑叶上爬行
一枚生锈的图钉，把陈旧的耻辱
摁入嵊州的一片桑园：一个桑葚喂养的共和国
地图过于辽阔了，以至那些积极的镰刀
也练就了新月的忧伤

后视镜里的落日，终于抹去垂死者的面孔
缓刑的犁沟
在严厉的逼迫中写下供词

鸟儿们刚刚结束一场事先排演的座谈
一支刺鼻的烟囱，在向天空输诚
铁钳咬紧的落日，沮丧于一条无法申辩的
舌头。滚烫的弹道上

秋瑾追上了王金发

为一叶废弃的桨橹而作

有人带回野花的项链，以便
奇数的灵魂向沉睡的田野求偶；
有人怀抱枯槁的船木，一如抱回失传的琴，
那年迈的波浪仍在上面弹奏着童年，
练习与悲伤对称的技艺；
有人捡到一把手枪，可疑的准星像发烫的下午，
只对准自己：锈迹、尘埃和永远贫穷的光线。
而我觅得一叶桨橹，仿佛时间的片段，
一碎再碎，却分明还保存着水草的信任；
在江边的乱草丛，它和野鸭的窠巢、死去的鸽子为伍。
它分明还在划动，像一片翅膀，生出
另一片翅膀。我们身体里的水，在喧响中回答
那卷刃的记忆，为何神秘地向着
一本幽暗的航行日志弯曲？
我久久迷惑于那被历史省略的道歉，
搁浅的船舶，却还在乱石和淤泥中运送
猩红的铁，和源源不断的
——遗忘的肥料。

摩天轮

这巨大的轮子开始缓缓转动，
我们被拎起来，尘土的星球不知不觉中下沉。

一根隐秘的轮轴，接收了来自各个方向的力
又被一个个未曾实现的愿望环绕。

整个摩天轮只有我们两个人，父与子，齿轮咬合的一环。
一段陡峻的路途像一支卷尺从铁匣里抽离。

你终于可以俯瞰：云霄飞车、旋转木马、空中水母、
电动火车，以及更多低处的事物。

我惊讶于这轮子转得如此之慢，
仿佛地心的叮咛，暗中称量我们未知的重量。

但还有一只小乌龟，比它更深谙缓慢之道，
仿佛一个狂奔的世界需要被死死拽住。

在一个高度上，你被一片陌生的风景抱紧。
尔后是你把我抱紧，将一个昏眩的顶端赠予。

一只翠绿的小乌龟被无意中带上这短暂的旅程。
它还来不及成年，桨状的四肢划动，以此躲避海的追捕。

你把它带上来，或许就是为了见证这不可复制的一幕。
那不能伸出的肌肉质舌，像隐忍的扳机不被扣动。

它沿着塑料盒的内壁攀爬，然后无一例外地跌落，
像一个不设防的句子，被突然跑过来的标点绊倒。

……终于来到了出发的地方，你终于画出了一个圆。
这在意料之中，但仍然有足够的意外，对应于你好奇的运算。

这接近于自然数中一个可疑的数字，它并不总是代表虚无，
如同一个腆着肚子的银行[①]，将更多的“0”吞吃。

一团逆时针的漩涡将我们抛出，但这并不妨碍
那未曾磨损的天真始终与一个残缺的圆相切。

①“腆着肚子的银行”，借用自钟鸣诗《腆肚》。

西湖夜游

——与小红帽同游

晚饭后来到西湖边，我们依然一如往常
慢慢地走路，没有一句多余的话，
或许那些更动人的言辞已被永久封存，
像炫目的冰淇淋，需要到下一个夏天才能融化。

或许踩过落叶的瞬间，你曾有过短暂的迟疑，
那无声的变形接近于一次完美的折叠。
一个不为人知的锐角，在桂花灵敏的嗅觉里惊醒，
水洼中霓虹的倒影扶起一座老迈的剧场。

湖水终于冷了下来，黑暗中我看不清
远远近近的荷花，一柄正在缓缓收拢的雨伞，
旋出一颗被墨绿吸管反复饮用的雨滴。
而饮用也是引用，伞柄卷起的弯钩垂钓

荷叶卷边的记忆。你指给我看一盏路灯的灯罩下
奔趋的蛾子，这盲目的舞蹈服从于一种
集体的昏眩，像忠实的灰烬把光束一次次擦拭，
以便分娩出一道陌生的光源，为新的失败加冕。

取景框里，远处的塔变得模糊，但塔尖
在努力挣脱出来，像蜻蜓身体里一截失效的电池
仍在制造一场余震，将一枚战栗的尾音缓存。
当游船从对岸回来，一支畅泳的桨

带回水草和鱼鳞的叮咛。更多的涟漪还在涌来，
穿过鲜嫩的莲藕中密布的更完整的桥孔。
某些时候，你分明已远远走在我前面，
但始终有一根丝线在绷紧，相切于一个隐匿的湖。

“精神重力”或“超现实的迷雾”
——谈蒋立波的诗

霍俊明

精神重力就是上升，精神重力使我们跌到高处。
——西蒙娜·薇依

小语种里拱出更灵敏的触须。
——蒋立波

2020年的10月下旬在浙江洞头我第一次见到蒋立波，此前有一段时间我一直在阅读他的一本打印诗稿。那是一个晴朗的上午，会议间歇我一个人走出房间，在靠近大海的一座小山上独自盘桓。我看见了林木遮掩的近乎荒废的山路、墓碑、落叶、断木、烟蒂还有碎裂的干黄纸片，而不远处和更远处就是蔚然无尽的大海。隔着这个现实的上午以及蒋立波迷蒙的富春江甚至更久远的黄公望的隐居地，我们关于诗人和诗歌该提及什么呢？这近乎是生存世界和个体精神视域的两端，而诗人处在哪一个位置进而完成和呈现出来的诗歌肯定是有差异的。此时，我想到刚才和蒋立波的碰面，双方只是客气地点点头而并没有交谈，更没有去高谈阔论一番诗歌。此时的会场将诗人的声音通过扩音器依稀传到室外，而很多时候我们谈论诗歌并非都是有效的，有时我们也不需要那些多的围观者。我也更喜欢通过诗歌文本自身来结识一位诗人，而不是在酒桌或会场上。

1

平心而论，近年来我的阅读越来越倾向于那些“必读诗人”，也许他们的语言方式和诗歌风格迥异，但是这些诗都能够在一定程度上撼动我并能让我在阅读的过程中“有话可说”。我想，任何一个诗人的文本都应该具有自忖、对话和盘诘、磋商的可能，反之，诗的可读性和生命力就是可疑的。在诗人与言辞、生命与生存、词与物的彼此纠葛的复杂情势中，诗歌作为一种特殊的文体不仅是人类自身精神和情感体验的守护者，而且又是向公众敞开的艺术形式。基于此，我们需要的正是这些深层次的精神对话，这是在阐释别人，也是在剖析自我。或者更确切地说，在对话中我们找到了精神对应和个人词源。

在一个喧嚣的个体碎片时代，在甚嚣尘上的电子化传播的大众狂欢中，我们目睹的更多的是“写诗的人”而不是“诗人”，“诗人”一定是同时具备人格高度、精神难度和写作深度的共时性的综合体。

在我看来，蒋立波是这个年代极其安静恬然但是又不乏凛然锐气的诗人，有时候他的诗安静到只有一个个词语在夜晚发出一丝丝的亮光——如语言的蚕丝，安静到情感、智性和想象力的触丝只是在静默和自忖中分蘖、延伸和转向……蒋立波的诗在纸媒上发表得并不多，甚至他的诗天然地带有私人宅地或个体乌托邦的属性。蒋立波的诗让我们想到的是“小语种诗人”般的命运感，那是词语的庇护和词语的受难以及救赎同时猝然降临的过程，“小语种里拱出更灵敏的触须”。与此同时，这也是一场场在夤夜开始的精神失眠和自我暴动，是一次次微微颤动的翅膀所最终形成的灵魂的激荡与时间的漩涡。而这一切，诗人并不是经由喷发和呼喊的高分贝方式完成的，而是一次次内化于精神与词语的互相校正和生成，内化于不断压低的声调，所以诗人最终抵达的只能是“一条向内弯曲的道路”（《晨读阿莱士·施蒂格》）。确实，蒋立波的写作更类似于玻璃夹层的内部——清冷、干彻、纯粹，同时又让我们在词语的平面折射到更为宽广或幽邃的精神视域。

蒋立波是一个精敏者，他的诗总会有令人印象深刻的细节以及经由细节完成的词语共鸣和精神共振。诗人甚至天然地接近于“失眠者”角色的精神肖像再一次于蒋立波这里复现，耳感超群、感受精微、想象奇迥，同时又更容易在微观宇宙式的幻想中对个体主体性的精神事实予以反复地观照甚至深入抵牾。这是缓慢磨砺和不断擦亮的过程，那些落下的碎屑和粉末也更接近于时间和命运本身的成色。像《听力中的重音》这样的诗，我们所目睹的是一个人的身体状态、存在渊薮以及在失眠和黑夜中完成的探针式的词语事实——

通过丝状触须小心地探测，和脚趾
奋力地抓取，书页间沉默的部分，
黑暗中那些无法翻译的语种
得以被触及，词的交媾和繁殖
也在反复的摩擦中被照亮。

而其中可见的、可感的部分实际上已经逸出了“现场”或“现实”本身，而牵涉的每一个词语都是精神分量和体量十足的。确实，蒋立波的话语方向总有逸出日常经验边界的冲动。由此，“词与物”在他这里往往呈现为“反常”“反动”“非常”的状态，超验和辐射的幻象总会程度不同地参与到日常之物和经验化情境之中，从而形成了“超现实的迷雾”。显然这涉及一个人的精神视野和想象能力。质言之，这是具有“精神重力”的写作方式。

在抛离、漂浮和失重状态的当代整体情势下，蒋立波已经幸运地找到了属于自己的“精神词源”。这使我想到的是西蒙娜·薇依当年所说的：“精神重力就是上升，精神重力使我们跌到高处。”

在蒋立波这里，诗歌更近似乎低声的自我争辩，而非辩经场上的大声盘诘。显然，在被抽动旋转的陀螺般的物化时间维度中，诗人一直站在时间的中心说话，或者更确切地说诗人是站在个体主体性的精神维度和个人化历史想象力的维度开口说话，说出茫然、惘惑的“万古愁”——“齐刷刷探出一张张迷惘而严肃的脸”（《昆虫研究》），说出可说或不可说的秘密或事物的内核纹理。这也验证了诗人不是代替先知和神祇说话，而是代表人和存在本身说话，代表诗人的语言责任和诗艺良知本身。与此同时，因为时间带来的焦虑会随着“中年经验”的猝然降临而不断加深，诚如蒋立波在《寒露纪事》中所写到的生存之冷及“死亡”带来的训诫，同龄人、晚辈、鲈鱼与自我以及寺院之间构成了终极性的叩访和戏剧化的张力。在那些普通甚至卑微的昆虫、鸟类、植物以及物象那里，蒋立波总是能够完成精神立场的转化，进而再完成命运意义上的敲打、叩访以及揭示。是的，他总是能够听到词语和事物低闷的开裂的声响，“一顶顶安静的帐篷，犹如星光灌溉的蘑菇”。

经由“精神重力”或“精神词源”，我们会逐渐看清一个诗人的肖像和内部道路。“我向来喜欢读伟大作家的信件、对话录，读他们的思想，读关于他们性格、习惯、生平的一切细节；特别是当这些文字没有被其他人编撰过，没被别人根据自己的喜好构建过时。把自己关在一间屋子里连续十五天，与一个已经离去的著名诗人或哲学家的作品共处；自在研究他的作品，反复思考，拷问；他仿佛站在我们面前。这就像花十五天的时间在乡间描画一幅拜伦、司各特或歌德的肖像一样；不同的是，我们与书本的‘模特’的会面更自由，同时也需要我们更专注，对他们更熟悉。在画布上，我们一笔一笔勾画，渐渐地，这些笔触幻化成一个形象，取代了我们本来想要精确再现的印记；就好像天空中的星星在我们的注视下一个个出现，最终照亮了整个天空。”（圣伯夫《文学肖像·狄德罗》，马俊杰译）显然，任何一个个性突出、精神世界丰富以及文本世界同样繁复的诗人都需要一本经由诗歌完成的精神档案或传记书。

2

诗歌是一种特殊的“替代性现实”，即精神现实。即使只是谈论物化的“现实”本身，我们也最终会发现每个人谈论的“现实”不尽相同。更多的时候“现实”是多层次、多向度、多褶皱的，正如陈超所吁求的那样“多褶皱的现实，吁求多褶皱的文本”。现代人的日常经验已然愈益分化，当下中国诗坛充斥的正是随处可见的“即事诗”“物感诗”。在日常经验泛滥的整体情势下“现实”是最不可靠的。唯一有效的途径就是诗人在语言世界重建差异性和个人化的“现实感”和“精神事实”，而这正是中国诗歌传统一直漫延下来的显豁事实。无论是肯定还是怀疑，诗人都必须最终通过“词与物”“诗与真”的平衡或校正来完成“诗性正义”，而我们看到更多的则往往是“姿态大于诗歌”或“人高于诗”，也就是诗人过多地强化诗歌社会学、伦理学以及词语的道德感。显然，越是在严峻的挑战时刻，诗歌越是会被附加各种社会意义和伦理功能，读诗的人也总是希望从诗歌中读出更多的东西，比如“微言大义”“社会正义”“时代伦理”等。这些精神重压下的诗和“心灵日记”不只是诗人写给他本人的，有时也是写给整整一个时代的——

在这些冲积物中你找到一只口罩，那把我们分隔的
面具的一种，仿佛丢弃的记忆被波浪追回
——蒋立波《踏青研究》

这一切都只能在诗歌中得到印证！这是一个人的词语命运，也是一代人的精神词源！这也永远是“诗与真”“词与物”对诗人的要求。任何一个时代具有自觉意识的诗人都应该在具体的历史语境中从不同的角度追问并创造性地回答“诗与真”的问题。“诗性正义”的前提是“诗”和“诗性”，而非单纯凭借伦理道德以及公共现实的优先权而僭越了本体意义上的“诗”。这必然涉及诗歌之“真”，涉及诗歌的自我性、社会性和历史性，必然要求写作者具备个人化的历史想象力和求真意志。这一想象力以个体主体性为基本，并将个体、现场和历史的三个空间同时打通，只有这样，诗歌才能尽力避开“膨胀的自我”和“表面的当下”以及“空洞大词的历史”的危险。切斯瓦夫·米沃什更是强调诗人必须是“见证者”，也即诗人要具备与社会对话的及物能力，但是我们还要进一步强调，一个伟大的诗人还必须具备将个人经验、即时性见闻和社会现实转化为普遍经验和历史经验的特殊能力——亦即一个诗人应该能从日常生活中提炼出神奇的想象并使得人和历史同时复活。

他的诗歌仍然葆有了低沉或沉郁的品质，仍然带有“向上牵引”般的目光和襟怀。只是这不再是单纯的修辞技艺练习，而是对现代人生存与词语之间的严酷关系的重新认识。也即诗之“真”不仅与个人的生命体验有关，而且也与语言修辞能力带来的深度“可信感”有关。在蒋立波这里，更重要的是这种精神难度总是能够通过词语的求真意志和个人化的现实想象力来完成，甚至更多的时候他是通过日常、现场以及普通物象的“向下”的方式完成了精神重力的“上升”。对个体经验以及当代噬心经验的有效命名和深入开掘正是诗人的“首要信仰”和“特殊知识”，在词语的“求真意志”和“个人化的现实想象力”的双重驱动下完成诗对个体命运和整体困境的揭示。诗歌之“真”必然是个体化、时间化和历史化同步进行的过程，由此诗歌带有“个人研究”和“词语研究”对位的质地。

从历史维度来看，《听英国演员朗诵杜甫的诗》《三苏园赏侧柏，致苏轼》《己亥年正月十二，与友人雨中同访郁达夫故居》《遗物的考古学》等这些诗看似指向了时间灰烬中的“杜甫”“苏轼”“郁达夫”等一个个“亡灵”，实则指向的却是每个人理解的历史以及命运本身和灵魂伙

伴。质言之，这些诗仍然指向了“诗与真”的古老命题，“但究竟哪一个才是真实的你？ / 清癯的，英俊的，落拓的，颓丧的…… / 或许一个都不是，或许每一个形象的意义 / 仅仅是为了背叛另一个形象”（《己亥年正月十二，与友人雨中同访郁达夫故居》）。历史时间的考古学也正是命运的辩证法或否定之否定，是精神共时体意义上的交互、往返和彼此洞开或相互拆损、耗散，“千年之后一枚肺叶在霾中畅游，它懂得我 / 这裸子植物门外的旁听生，也有交互对生的沉默”（《三苏园赏侧柏，致苏轼》）。

3

真正的诗是生命时间以及求真意志的相遇，它们激活和碰撞出来的场景以及词语本身更具有生命效力和活力。显然，以此来考量，我们会发现蒋立波的诗歌携带了这个时代已经比较少见的“先锋+知识分子精神”的气质或禀赋。

这是人与时间的重逢，是词语和时间的交锋。这涉及可见之物和不可见之物之间的彼此对视或磋商。随着现代性景观的降临，人与时间和空间的关系发生了根本逆转，一个个的精神断裂带也随之产生，诗歌的“分裂感”越来越突出。无疑，这份精神证词的提供是远非轻松的，诗人时时处于焦虑话语和紧张的精神盘诘之中，因为世界主义是以抹平记忆和空间差异为前提和核心法则的。在列维-斯特劳斯看来世界主义已经导致了精神分裂症。是的，隐喻和象征化的精神分裂症几乎无处不在。尤其是当代诗人对现代性时间的审慎处理和基于人性存在困境基础上的批判性反思，让我们目睹了远非轻松而又犹如迷雾般的现实和超现实，比如蒋立波诗歌中的“逃生舱”“摩天轮”“塔吊”“后视镜”“手机屏幕”“农药”“挖掘机”“人工水池”“人工湖”“浓雾”等后工业的装置品都让我们目睹了更多的分裂化的时间的阴影、诡魅和凌空失坠，“沿着未知抛过来的绳索，人类的泪水还在 / 向更高处的悲悯攀登。但我依然找不到盐粒腌制的 / 信仰”（《失联之诗》）。

“时间急于找到它的证人”，而身处其中的诗人也不得不成为“荒凉的证人”，但是最为吊诡和悖论的则是人类的“乡愁时代”即将走向它的终点，“已经没有多少乡愁可挖”（《入剡记：后视镜里的落日》）。而从人类的普遍境遇和诗人处理的难题来说，不同时代的诗人写下的实则都是“同题诗”，甚至每一片树叶的正面和反面都被反复抒写过来，所以最终比拼的仍然是诗人的发现能力和创设才能以及提供新鲜的经验。

当诗人只会处理“日常私欲”“茶杯风暴”“精致的瓮”的时候，当诗人丧失了杜甫式“诗史”的视野的时候，一个个精神盲区和矮化、俗化、欲望化的诗歌碎片随之产生。随之，总体性的精神视野和时代景观被有意或无意地搁置。必须强调的是目前我们所缺乏的正是有效的“时代之诗”和“总体之诗”，缺乏的是“个人之声”和“社会之声”的混响和对唱，缺乏的是“我”和“我们”的灵魂式的对话和互相叩访。“只有悲观约略相似”，实际上我们可以从诗歌作为超越时空的精神共时体以及同时代人、同时代性的角度来考察每一个时代的诗人及其精神生活。尤其是从“传统”与“现实”“对话”的角度，我们会更感兴趣于“当代诗人”与“杜甫”的关系。很多年，李白和杜甫的名字是几乎等量齐观地出现在中国当代诗人这里，只是近年有所改观，甚至在世界范围内杜甫的正典位置已经越来越高，甚至被认为是“中国最伟大的诗人”而不是“之一”。“当代人”向杜甫致敬的深层动因在于杜甫是我们每个人甚至是世界范围内的“同时代人”，真正的诗歌精神永远不会过时，“如果杜甫（他生前看到唐朝文化的衰败）没有在大唐的首都长安（现在是现代工业化城市西安）的郊区沟上纳凉遇雨而写出‘雨来沾席上，风急打船头。越女红裙湿，燕姬翠黛愁’，我也不知道我们如何看待内华达山脉，不知道那些山对我们意味着什么”（奥克塔维奥·帕斯《诗歌与地点》）。

总体来看，蒋立波是一个及物、在场的目击者和执意向内挖掘者及自我精神的立法者，也是语言秘密的效忠者和精神词源的制造者。这种写作方式完全是一个人与语言、生存和时代不断对话、磋商甚至诘问、搏杀的结果，“那些火焰的舌头像幽禁中的修辞”。

蒋立波有着为个人和世界立法的执念，为历史和现实写作黑白片的求真意志以及为人性、灵魂作传的精神载力和思想重力。在溏散莫名而又自以为是的时代，蒋立波一直试图重建一个纸上的精神修习室，那也可能是一片废墟和荒野。而能够旷日持久地坚持精神难度和写作难度的诗人实属罕见，而蒋立波则是这少数诗人中的一位。

2021.1.27改定于北京

诗选

Selected Poems

诗建设

多多

向内识字·10首

朝一团扇形的火致敬

在响亮的说话季节
崩射彼此认出的同一个瞬间
野榛树下的举手者，走出衣袍

笑容间，有一种韵律
问候，便如片片白帆
你我来自同一少年

手拉手，歌飞走
追翅膀上的箭，你
额头放光，而依旧提灯前行

鸽群里，已再无诗人

深沉散文隔代的音响

朝斧端传递
在悼词轰鸣的石阶上

听流逝检讨得多么响亮
还有挽歌，但没有对象

沿斧峰流畅的线条
生命，不等诗章

沙，一锹一锹铲进坑
阴影随抵制而增长

光，也就在徘徊的包容之内
照亮所有追悼者窘困的脸

一只只肿大的耳朵对着拉弓的神像
园丁从我们腕上抽取更浓的血浆

在语言的冰层下

说出来吧
说：唱吧，歌唱吧

歌唱就是呼吸
而声音不为意义留驻

歌手把问题全忘了
猛禽又一次听懂了音符

从风之所属，我们贴近

你和我，不是两个
我是树，我隐藏你

只作树影吧
你几乎就是它了

于是叶子也躲起来
我是你的孤独

它爱你，一如
你属于我

我在黑暗里，知道你也在

说快乐，就隐藏了故事

怀抱着我们所不要的
我们什么都有了

说，只爱已碎的
我们各自完整了

从一个回不去的家
只悲哀于有过

只信情感忧郁的质料
不会腐化为物质

说，别离开我，也别靠近我

从童年到童年

我在梦里睡眠
与想哭的雷相遇

我在乌云中写作
只演奏孩子的心

从一面更年轻的镜子里
我反对自己

一个越来越老的童年
不知开始，只识单纯

我的心，不要成熟
也不要灯塔

要造出灯塔的光——

不明的用途

躲在你的观察后面
从一个能听到的坡
天空后面的玻璃碎了
水面上多了一个盖子
上面有竖起来的麦子

地平线睁开两只大眼
每一株玉米都在眺望
水开始离开地面
让看到的叶子不再是叶子
熟悉的事物就这么隐藏

界限并未确定什么
从一个看不见的高度
高处是近处所减去的部分
一个合理的天空，让田野变得光洁
只有一个命令：

不许看自己

荒草怀古，哀歌损笔

既蔑视权力
也就无墓无碑

死者的天地又扩大了
——埋葬不了，才算终结

时间还是留下信义
像不义一样长久——

向内的识字

识已识的字，读出：读不懂，想要说：说出

一道伤痕说出其他的——没有伤痕，哪有我们

从恶之不幸，至福在说出后才能给予

孤独只在群内寻找贫瘠，自我已是内在的无家

梦即遗忘在提醒，你的一生只是同一个傍晚

无权疯，已疯，你唱出：无处

必言之言存于无言，在不启示，实为无言之继续

平庸即诗歌之罪，没有更新的尘埃，供锈增值

生存严峻的种子就种在这里——共在，而没有共同的词

路，就是谜，仅指点陌生

坑是跪出来的，唯词能逃进逃出

海不是海，是词，亦是词冲出其所是

你的钥匙丢了，你的肩膀才肯长出双桨

巧智暴露虚构的原点——你写，而你不配有目的

晦涩是必需的，供核儿发力，由碎片命名

诗人靠失败运转，不断地因为——从未成为

一把米如此依赖梦，因找不到可匹配的苦难

写作，因心里有个坟

每一层更低，已在最底层，深渊尚未敞开

只孤立到这一点——刺扎不进自己，变为另一极

神奇比宽容公正，以对应词之贫乏与星辰的骄傲

奥秘不思，被思，教你越笨越依赖于品质

受词之威逼，即不受梦之约定

承受人，也承受无人，你开始听清自己的声音

请贴近边缘，边缘靠近家园，为前进到无边缘

所爱没有边际，在没有道路的地方宽广起来——

人死留名，虎死留皮

只有尸首，还算不上死
只会疼，还不是心
只有仅有——索取这所有
所有世代的眼睛一直睁着

有死，但无终极

王家新

光源·8首

码　头

——给一位年轻诗人朋友

轻风，浪花。
你最好是一个人来到码头。
你也不用去想那些远去或归来的故事。
你只需像一只狗一样嗅闻。
你最好坐下来，
挨着那只铁锚，
并和它一起生锈。

在阿那亚

在阿那亚临海礼堂
静静地坐下
没有牧师，没有念出声的祈祷
只有隐隐约约的涛声
和管风琴声
只有一只不知从哪里
飞到隔窗露台上的蜻蜓

只有一轮巨大的黑太阳
高悬在海的蓝色之上

我在那里坐了五分钟
好像是受到一次光的洗礼
好像是大海坐了起来，并从胸腔内
泻下了流水般的
管风琴声
好像在黑太阳的闪耀之后
一个流泪的人在我身上
重新睁开了眼睛

好像我走了千里万里
就是为了来到这里
好像在我身后还有无数的我
还有一只又一只的蜻蜓
从风里雨里
就要相继来到这里

光　源

——给尚扬兄

突然有一道光
从悲痛的屋子里透出来——
门自己开了，
萌萌和你出现在黑暗的楼道上。

那是在我得知余虹死讯后当晚的夜里
梦到的，而窗外是
纽约州上部冰川般发蓝的冬天。

没有梦见天使，没有梦见余虹，
但是有一个光源为我打开了，
或者说，有谁在向我托梦。

武大郎的骨灰

阳谷县城外，化人坑边的熊熊烈焰。
潘金莲的假哭。王婆皱着的眉头。
被砒霜毒死的武大郎。
邻里乡亲们的一声声“可怜”。
一个孩子听到的无声窃笑。
乘人不注意，团头何九叔，也就是那个
曾收下西门庆银子的验尸官，
拨去明火，把两块焦黑的骨骸
偷偷掖在了衣襟下。
（在上一回让一个孩子气愤的人
在这一回变了！）
然后是挫骨扬灰，然后是
春天的满天飞絮。

多少年过去了，多少英雄好汉的故事也都忘了，
除了这个细节。那时我七岁，
忘了吃午饭，埋头看《水浒传》小人书。
而早春的阳光，从一棵大槐树上
到现在仍为那个孩子倾泻而下。

补遗：一些经历和地点

（组诗节选）

巴黎，2020年1月

走在巴黎熙熙攘攘的人群中，我想起米沃什
曾写过一首《路过笛卡尔大街》。
但是我从来没有找到那条大街，
好像那条玄学的街一直追他追到了美国似的，
好像是他在替我们思考我们的存在，
直到旧金山海湾山坡上的雾气散去而他

第一次读到
小林一茶的一首诗。

武汉，1978年3月

那时你还是一位背着行李穿着“解放鞋”
从鄂西北山区沿汉江而下
然后去武昌珞珈山报到的新生。
第一次，你在长江大桥边看到李白的
黄鹤楼的飞檐，
而来自家乡的融入苍茫长江的汉水，
和你一起结束了
她的最初的行程。

哥本哈根，2009年11月

想起来了，十多年前在哥本哈根，
我们还曾去港口那边看过一次
安徒生的“美人鱼”。
已是初冬，她侧身坐在礁石上，
而我们一个个竖起了衣领。
那是怎样的寒意？——整个波罗的海，
从波的尼亚湾到芬兰湾到童年的
小池塘似乎都结了冰，
都在等待她流出的热泪。

魏玛的歌德公园，1997年10月

草地，草地上空飘过的云，小木屋……
据说都由歌德自己设计。
我去的时候，正值我的“不惑之年”，
但直到多年后我才渐渐看清：

那里，附近，就是布痕瓦尔德集中营，
刽子手们常来这里膜拜并朗诵大师的抒情诗，
就在那棵我曾久久伫立
并仰望的大橡树下。[①]

①歌德曾在那棵橡树下对艾克曼口授“歌德谈话录”。

圣彼得堡，2017年11月

圣彼得堡的桥，阿姆斯特丹的桥，巴黎的桥……
阿姆斯特丹的桥上一位挎雨伞的女士
从亢奋的鸽群中匆匆走过（她好像
刚刚给一位穷画家当模特回来）
巴黎的桥上风有点冷（别的我就不说了）
而圣彼得堡的桥，伸向茫茫白夜的那座桥
因为“生活与艺术之间古老的敌意”
我愿以我的一生从那上面走过……

科尔沁山地草原，2020年9月

在扎鲁特山地草原散落的
马群里，我看见一个小马驹，
挨着母马“撒娇”“淘气”，所谓“耳鬓厮磨”是也。
一匹可爱的小公马，他不再钻到母马腹下，
而是绕着母马，时而把鼻子和唇凑到母马脸颊上，
闻一闻然后离开……
而母马一动不动，眼睛里似带着悲哀。
母马身侧和身后其他的马也都一动不动，
在这一缕恍惚的晨光中，
带着我们人类已不能理解的
宁静和悲哀。

在马茨洛夫朗诵的中间

“火药桶般的”巴尔干半岛，悬崖下
和洁白山花丛边上的诗歌节。
在尼古拉·马茨洛夫朗诵的中间，
突然响起了大教堂的钟声；
他尴尬地笑了，
并习惯性地抬头望了望（尽管
那不是空袭警报的声音），
然后清了清嗓子，
在持续回荡的钟声中翻开了诗册的下一页，
那似乎在说：谢谢时间的提醒，
即使是在世界末日，
也请让我把这一首诗读完。

阳台上的花园

——给朵渔

一个曾在锁孔里与命运对视的诗人
现在每天走向阳台
照料本属于他妻子的那些花花草草

现在他似乎很少写作了
他的词就是月季、金银花、仙人掌
还有刚刚生出柔嫩触须的
五月初的葡萄藤

我知道他会战胜锁孔里的那种敌意
却没想到
他得到了如此广大的祝福

而他的妻子边上茶边对我们夸着说：
现在每天都是他搬动着那些沉重的盆栽

把它们，也把他自己
移到那恩宠般的阳光里

在小区里

傻儿子愈来愈高了
妈妈愈来愈小了
小妈妈紧挽着走不稳的傻儿子
从不抬头看我们
可是她的傻儿子啊啊地想同我们说话

多少年了，在电梯里，在小区花园里……
今天我又遇到了他们。
生啊，死啊，爱啊，泪啊，
今天我只好沿着小河边走　我差一点
就啊啊地走进了河里……

陈先发

枯·7首

枯

每年冬天，枯荷展开一个死者的风姿
我们分明知道，这也是一个不死者的风姿
渐进式衰变令人着迷
但世上确有单一而永无尽头的生活
枯的表面，即是枯的全部
除此再无别的想象
死不过是日光下旋转硬币的某一面
为什么只有枯，才是一种登临

枯

当我枯时，窗外有樱花

墙角坏掉的水管仍在凌乱喷射
铁锈与水渍，在壁上速写如古画

我久立窗前。没有目标的远望，因何出神？
以枯为食的愿望
能否在今天达成一种簇新的取舍？

这两年突然有了新的嗅觉，
过滤掉那些不想听、不忍见、不足信的。
我回来了

看上去又像
正欲全身而退
我写作
我投向诸井的小木桶曾一枯到底

唯有皮肤上苦修的沁凉，仍可在更枯中放大一倍。
远处，
大面积荒滩与荒苇摇曳

当我枯时，人世间水位在高涨

枯

从幼虫变为成虫，蝉褪下空壳。
我想起老僧云游去了，
搭在禅房椅背上，他灰色的旧袈裟

我们的双重身体，要腾空哪一个——
写作者困扰于生活的消磨与
文字的刺穿之间，必须有那么一面镜子
为自己阴晴不定的面孔造像

用力，再用力些，像蝉，吮吸词之树液。
扔掉，多扔掉些，但终究是
挫败令我们的羽翼日渐透明。
佩索阿在镜中说：“我做过许多个
忏撒，但终不是，真正的忏撒”

蝉的嘶叫，壳的永默
我们不舍昼夜的立言……
在九华山，我见过圆寂的僧人
“一千年了，他的头发仍在生长，

脸颊上，有种说不出的弹性”
瓦瓮中，他的笑容在继续枯去：
世上仅有这种可见、可听、可品尝的消逝，

只是眼、耳、舌尖依然会欺骗我们。
我对一切重生皆无偏见，但无法

确定灵魂这只昔日的
笼中之鸟，今日是否仍在笼中

枯

枯枝和新雪依偎。
这久别之后，苦的形象，也是爱的形象

为了这形象，树枝经历了一次死，新雪完成了空无中
一次脱胎换骨的凝成。
当寂静达到某个阈值
被覆盖的道路、码头、医院浮了起来
我们也会慢慢溢到自己体外
新雪之下
枯的面貌
多么虬劲、好看——
一树枯枝披着雪的乱发，远行到我的眼前
新雪的霎亮让人恍惚、目盲

而我仍需等到此雪融去，此枝复萌，
才有那无物之枯的降临
此刻，寂静达到了这个阈值
生死无间隔啊这依偎的、苦的形象，这么久，又这么深

在冷风中听一声生涩的晚钟远去

枯

湖水在窗外。夕光下
折叠的波浪
仍有大片可删除的空间

滴水观音在书房的左侧
熬过了七个寒暑，越长越旺盛
墨玉般阔叶，紧密而恒远的呼吸
我不记得曾给她浇过水，但毫无
疑问，我浇过了，年复一年——

湖水不可共享而
他者的饥渴，永是一个难题
我在夜读的几乎每一分钟，都触碰到。

他者……因他者而生的阅读
充塞着漫漫长夜。
我在狭窄书房的漫步，可以直上四壁、天花板……

也许饥渴从未发生，
那也没什么。
有时我去取，插在书架最顶端的书
站在梯子上就睡着了
吊灯昏暗，梯子立在湖底的淤泥中

枯

近来总梦见九十年代初期那几年，
深夜，一个人慢慢踢着落叶回家

在合肥的老环城马路上。乌桕的叶子，皂角树的叶子，刺槐的叶子

那时楼房低矮，红砖建筑连片，
小巷游荡着刚入城的养蜂人、捕蝇人、磨刀人、
年久失修的旧监狱、防空洞改造成小舞厅，
阴鸷一般的幻想……
一床乱书、舶来的思想、多巴胺、德里达和
俚俗的舞步，迟缓地哺育着我

小面馆很脏，没人觉得它脏。
牛仔裤脏了，挂在宿舍前榛树上，

让暴雨冲刷几天……
我下颚坚硬，短髭如铁，内心愚蠢又僻静。
接受各种纪律的呵斥、训诫。
我不计前程，只牢记着要活下去

我记得一个怪人，说一句话，语气有三次转折
有个傍晚他蹲在桥墩下，崩溃大哭
当时我因何事在河边？
眼前，叶落很轻……一无所依地落着

胸腔中轰鸣的寂静，一层层地，能摸得到。
好长的一段丢失——
我们怎么就成了今天这个样子，这群人。
梦中我认出白腊的叶子、榉树的叶子、梧桐的叶子
接着认出了枯叶中行走的那个人

枯

一件东西枯了，别的事物
再不能
将阴影投在它的上面

雨点击打它再没有声音
哪怕是你彻夜不眠数过的、珍稀的雨点。
虚无被它吸收

春日葳蕤，有为枯而歌之必须。
写作在继续，有止步、手足无措之必须。
暮年迫近，有二度生涩之必须。

文学中，因枯而设的暗哑隧道
突然地你就在它的里面
仍是旧的世界、旧的雨点，只是它裂开了
慢慢咀嚼吧，浸入全部感官，咀嚼到遥远星际的碎冰

潘维

列车上的少女·7首

列车上的少女

——致竹君

一

十一月的猫爪，
沾了江南的阴冷；
雪，还没起床弹棉花；
神秘，似四季酒店半梦半醒。

那少女，发梢微卷，
随众多脚步汇入一列
密集的铁皮火车；

生的迷惘
不断疾行；
这种流逝，
随时可以伸出细雨的手掌，
轻轻一拍，
就把旧时泥泞打翻在地；

或者，
那裹挟着速度的玫瑰，
掠过平原、乡镇，
掠过《神曲》，
抵达：她的自我。

二

少女斜倚窗框，
似永恒的爱慕，
似一堵阻挡逆流的墙；

她用天然溢出的
现代气质，
反对农耕黑暗：
那浸猪笼的秩序。

各种粗糙、无聊，
无向度的沉默，
狼藉了整个车厢；

她，封闭在自身里；
她，阿佳妮17岁的美，
燃起一朵朵
不可亵玩的暗火，
沿微颤的铁轨，
深入
2013年冻僵的城，
被酒审判过的城。

三

很快，
她会到达这个
赴约的早晨：

几根枯柳倒垂楹联，
坟堆里的苏小小，
彻底死去。

当她用一把伞，
收拢或撑起
新的天；

那蜷伏在屋顶上的水光，
闻到了时代，
被寒风烫伤的焦味；

她并不向往，
每一个黄昏，
都是朋友们预订的座椅；

她知道，
在某个尽头，
失败是告别，
西湖是再见。

莫干山民居通知

一

天黑了，
蔷薇花正在来的路上，
与女护士为伴。

夜班火车载着她们，
向着湖州的山水；

仿佛大事临头，
莫干山居图已换好干净的床单；

她们是可以供奉的神，
她们用药棉轻轻擦去许多伤痕；

无论她们在筋疲力尽的一线，
还是在谦虚谨慎的后方，
她们的针筒从不撒谎。

二

“探花及第”的民居大厅，
杯子里的书香已沏了绿茶；

卸下行旅吧，
顺便在懒洋洋的时辰，
给小蝴蝶把把脉；

农家的耙楼可以聚拢全部的露珠；
竹笋的拱土之力，
可以为春光发电；

无论银杏树下的蕨宿还是萤火谷，
无论羽毛枕之梦，
还是突然袭来的食欲

这儿的咳嗽是翠绿的鸟语，
这儿的菜单恋着味道。

信　使

火柴湿了，无法点亮屋顶，
整片天空低垂着安魂曲的阴郁，
环城河排着队，缓慢地蜿蜒；
那时，我跟随小镇居民的身后
购买食品，我喜欢烧饼铺门前的电影海报，
黄泥烤炉伸出细碎的焦味小爪，
抓挠女演员的雀斑脸，
我的莫名兴奋，
像撒了一把充了鸡血的芝麻；
这种与生俱来的魔性，
中止于图书馆走廊：她，
穿着针织长衫，一股异乡气质
迎面匆匆而来；背影
隐约着柔化了的坚定。

后来，一个有很多酒吧，
水光把梦折叠成纸鹤的地方，
铺展了另外的床单：
为我，惊蛰的雷，波斯纹的恶之花，
坍塌的微笑——它们翻滚着；
但没有一只燕子是她。
我凝望着岁月，
作为多数人分享的特产，
早已失去了爱与性的滋味；
只是，每月，当骑自行车的邮递员
穿过永远尘土飞扬的市区，
从绿挎包里取出《信使》，
整整21年，她为我订阅的思想，
像舍利子，守护着大悲殿。

挽　歌

雪翻动树叶的银币，
我想起，
哪个少女不曾做过眼泪的盐贩子，
哪枚小鲜肉不是开门的钥匙，
有几个家庭不在税收和人情之间奔忙；

当苕溪里运送煤炭的船只，
颠簸着疲惫，随白鹭的鸣叫，
没入枯黄的芦苇丛；

有皱纹的灵魂才会告诉你，
水是有鱼刺的，
悲伤更是一条流淌着生命的骨头。

当高原的白，
帕米尔全体山顶上的白，
那不动声色静止一切的白，
停下脚步，
为俗世默哀！

我也要求自己：
停下工作，
停下天空；

伸出手掌，
区分每一片液体虎皮的善与恶。

浏河镇

无论日子被拆建了多少次，
浏河镇的寂静，
永远没被推翻过。

每一个属于菜市场
的早晨，
形似蚁蚕细嚼的桑叶；
仿佛可以看见一丝丝晶亮的突然
需要引爆；
在肉铺前抖动腰肢的主妇，
从罐子里取出咸和甜，
这种普通，产生的韧劲，
如木锤砸打石臼中的熟糯米：
柳风般折不断的
吴侬软语，弥散着。

无论隔壁的大都市如何高耸入云，
这儿的基座，
由淤泥、汽笛声，
和为河豚献身的勇士浇筑。

当船只入水的刹那，
白光涌现；
天妃宫的桃花
多么心疼——猫咪的叫春。

自从，
帝国最灵的童男童女，
起锚这块地理，
港务局海运就失去了淡季。

猫病了

傍晚，蜗牛收回地表温度，
河豚鱼把带刺的皮盖在蔷薇的枝条上；
龙舟在树木里又长了一点汁液。

幸福确实有些慷慨，
将时间静止在绿里，
因为猫，是肉钟之谜。

那无辜的警觉，
分泌出褐色黏稠物，
像眼眶挨了忧郁一记闷拳。

可怜，猫病了，
以一个少女的身体，
蜷缩着，永恒般无助，胶原蛋白流失。

她的每一阵咳嗽，
都穿透医学联盟福尔马林味的大厅；
肺叶，沉入缺氧的水底。

没有疗效：厨房救生圈，
比莉·霍丽黛饱受魔法侵蚀的嗓音；
连话语也艾灸不了她的情绪。

她就是那即便近
也无限远、半透明的神：
一尊春，撒下药饵、阴之网。

光线和盐

那上楼的脚步发了芽，
一种犹疑拖着泥土；
那托盘端来的早晨，也不快乐。

瞧，蚂蚁糜集起那么多阴郁，
无意义犯了有刺的罪，
天幕上布满了指甲痕。

（也许，我并不适合被腌在酱缸里。）
作为草莓与丝绸的后裔，
我想做太湖的白鱼。

用冒烟的银鳞去纺织
水网：当经纬密布的呼吸
抬高屋顶；

老城区听见，
青一块紫一块的鼓点像蒙受的苦难，
落在牛皮上，

它背负过暴风雨，
也为我的灵魂剧院：记忆，
驮来了光线和盐。

西渡

棋手·4首

湖　上

天空和湖面一齐暗下来
风从四面进入
小船剧烈摇晃
像是水面下有一个顽固的力
决意把船掀翻
水是危险的，对于人类
它不喜欢陆上的东西
在它的胸腹间往来
有一次游泳过湖
在湖心遇到同样的天气
波浪一次次淹没我的脸
我想这下完了
水是危险的，但危险的
不止水
傍晚过马路
一辆转弯的车猛撞我一下
我们的房子也危险
脚下的大地不安稳
地下有另外的力
不高兴我们不停地
在它身上建筑，挖掘
引爆山体，它总想翻身
推倒人类的作品
这问题怎么解决

不能全听聪明的建筑师
你得自己小心
和水下的、地下的
那些顽强的力和解
不打扰它们的安眠
或者任由它们
痛苦地扭动，挣扎
把小船掀翻
把建筑推倒
把我们拖入水中或地下

棋　手

他凝注起全部的心神，置身
黑白两界，仿佛其中的
一颗棋子，在重重围困中
厮杀，周遭堆满被弃的尸体。

又仿佛置身于两军之上，
全不以将士的牺牲为虑，
他只要那个最后的结果
为他的前途开辟光荣路。

他仿佛一次又一次地死去，
又仿佛永远不活，也不死，
收割乡野和城镇，如落穗。

从柯山之巅，偶尔回顾
人间，如遥望中的舞台
灯影宛然，已别一世界。

烈日的寂静催产美……

烈日的寂静催产美，它火焰的鞭子
驱赶万物逃向丰盛的影子

蜗牛精巧的结构顺从地熔解了
云朵又让它上升到空中
一切响亮的，一切喑哑的
一切会感觉的都在烈日下哭了
一切从大海爬上岸的，又爬回了大海
疯狂的大海自言自语：是万物的渊薮

灵魂的寂寞又怎样？头颅是另一座烈日
它火焰的鞭子抽打万物，又召唤万物
它随时放逐，又随时收回
而心是另一座大海永动不息
再次成为万物的循环和终始
如果它停止，一切飞行就悬停
一切丧失爱的，一切骄傲的
就垂直坠落，如堕落的天使

钥　匙

关门的刹那，我和妻子
同时意识到
我们都没有带钥匙
孩子放学回来
翻遍书包
毫无钥匙的踪影
这是悲伤的一天
一家人突然无家可归

我们仰望高高的窗口
绕着房子转圈
可惜我们都没有翅膀
我想沿着百叶窗
从一楼爬向天空
试了试，踩弯了
几根楞条，招来了
一楼住户的抗议

从邻舍爬过去的想法
被女主人坚决否定
这会儿我们需要一副云梯
帮我们升到那样的高度
几只喜鹊蹿上去
望了望空空的房间
又迅速回到树梢
表示它们对别人的家
并无觊觎之心

开锁公司业务繁忙
消防队员还在赶来的路上
天色已暗，刚刚升空的月亮
像一只白鸽扑棱翅膀
它把打开的窗户
当成巨大的空巢
倒挂在窗框上
似乎有意在那里安家
这意外的景象
让一家人突然安静

罗羽

画眉嘴国王和你的遭遇·3首

洗　脸

城外，平原上，麦子灌浆了
你看，扑打我们脸的，是赵佶的瘟疫
死亡拽住群众的衣袖，在恐惧的屋顶下
弹奏灾难的是雁柱箜篌

让我们焦虑的，不一定是小仙女
也可能是枯荷，白鹭从一头黄牛的脊背上
飞起，皮囊里的血是这一生的懊悔

泥泞拐弯后还是泥泞，田地
顺着底层的蚯蚓，攀上小叶杨的顶端
掂着酒壶，喝完窗外的暴雨
这浩淼里的沉醉，遮蔽了厌倦
青虾望着我们，想起八月炸的果实。和杀人
的哲学算账，向和平的柑制说不
那些行刺的手腕都已戴上手套

你既然是一个河南人，他人就能
把你幻化成周口、驻马店
或者是短耳鸮、月光、寻骨风

在朋友家乱说，眉毛像教诲一样轻快
腔调的缓慢因经济史的批判而幽明
铁哥的唱词越神经就越清脆
他湿透了，满嘴的孩子和格丽克

所以说，出殡的挽歌不仅仅
是我们的，从家庭的丧灵到一处炉灶
在一杯杯清晨的历史里，隐没
的儿孙的骨殖都还原为形体，读书会的受难者
依然是年轻的滑叶木通。当傍晚临近
只要转身离开汴梁的护城河，我们
就用错乱的井水洗脸

画眉嘴国王和你的遭遇

乞丐说："这里的树林和城市都是
画眉嘴国王的。"你看到
拖拉机的非本质上落满崖沙雁
而回头的每一望里都是怨恨的年代

这又是一个有关新旧愿望
的故事。在一些场景中
一个落魄的家伙，小人物
在魔法帮助下，用谑语
打造了国王的躺椅，还用一盏灯
的光晕制出了马车

这块地也是那块地，你的一双脚
还是那人的。是，即使瞧见了，听到了
也都不要相信，最日常
的，才是最危险的。巧舌头
善于讽刺花衣小丑在街上的胡闹
但"咸的水到底是眼泪还是红海"

在谁的眼里，光明即是戒律
一幢楼里的穴居人还能怎样生死
被鱼刺卡住喉咙，得找工具拔出
拿什么杯子喝酒，都不会出现幻术
有着酒骨头的身世
你的上半身是终了，下半身
是迎雨的漆黑的图书馆

除了等天空中奔出细叶百合
在啥也不等的一千次，就做
一千次以上的盲人
有过小时候贫寒的日子
不会用诗讨好什么人，不会
让语言随意打滑，因为
你一直都有自己的主意

从来不敢相信，身边的人
竟是老杜。这时你明白
老杜几乎是每个人，还因为这个人
穿的破袜子，可能就是老杜的

木达岭吸取过你的液体
在河南，不再害怕什么，只需不顾羞耻地
让自己的心脏边长出枫香树的叶子

这首诗最后通向光阴的强悍
画眉嘴国王的领地是世界的世界
经过受侮辱者和风的咆哮
（近时是海洋和岛屿的自由呐喊）
他的躺椅、马车已经朽烂、坍倒

——给田雪封，兼致蓝蓝

老房子

带着你，先从这老房子说起，看上去
它有暗红的秩序，多边形，像一株猫眼睛
现在它是座变形岛。热望还在里面住着
而厌倦与背离，像是有差别的措辞。屋顶下
雨水早已不见河南灶神的踪影

质问、言说或与隐匿的胖子、中风者为邻
愁苦的灵魂里平躺着欧丁香。诗人

会变老，老了，要多交接平易的神秘
确认自我为车窗框内的瞪视者
夜色中的国土在颍河、湘江边流动
倾向于浩瀚的幼稚动物垂落下来

从此地到彼处，对等的是什么？“一个女人
身上有两个以上的同性，还多一个异性
这是怎么了？他曾经像盗贼那样
爱上一个人的不纯洁，偷光她
宇宙的蓝色，而今日，她又用肉身
为煮沸海水的暴虐辩白”。下雪了
运气在腰部消失，噢，是的
受了火星寡妇的诱骗，一切是多么的污秽

想象就是战栗。瞧，黄昏
正被周围的喧哗淹没。这几乎是件私事
或者说是事情最后解决的方向
在迫近的危险中，承担什么
只是虚妄，还因为，运命已把我们
的身形做成万众苦难的一部分
谁能在这里过得更好？晚霞中的资本
和他的女儿都在哭泣。没了
日历盘，裁缝转过身，把药材商
的尸体搬到楼梯上。除了记录，再没什么
必须要做的事，也无缺憾用来弥补
什么都已发生什么也没发生

还不太相信已到了一大把年纪，手指上
的图书馆摇摆着。在长沙，在郑州的旧屋里
没有田园和想要的诗，我们
懊悔着，避让着，喝酒，一直到天明

——给韦白

冯晏

耳朵里的引力·7首

复活节

午夜两点多，圆月斜铺在一张大床上
是从没关严的窗帘缝隙挤进来的
从最寂静的时辰穿过隧道破窗而入的
由此，床，升起，悬在空间
你的梦在被盗途中
遇见钢片敲打瓷盘银铃飞溅的一片星空
你喊电源，灯没亮
月亮缓慢偏移，与窗棂擦出银色闪光
梦调换了你身体存在的位置
床落下时，就像生活正一点点被黑暗毁灭
铁轨，那伸向地球半径空荡荡的每一个空缺
距离碎片挂上的每一把锁
春分月圆后第1个周日的复活节来到这个黎明

虚拟性

我是非我，周日上午从被操控的一个缝隙
走进星巴克，那个虚拟中靠窗的座位
我拉过一个非木质椅子，坐进气味和感知
左侧有一对情侣，逆光，静音
其他角落空置，一个似是而非的触屏环境
小点心、熟悉的拿铁，纸质杯套

盖上牵强之盖，打开小方孔，嘴唇贴上去
研究魅惑身体不同部位的计算公式
牵动了更多细腻之谜，依赖性，方法论
非此刻，我是被挂在窗外冲锋衣广告牌中间
一小块拼贴，可动可静，非模版
为真理的虚拟性理论调换认知模式
见证善报之说的真实存在，感兴趣后现代主义
推开一扇门，一瞬间越过台阶，梯子
从一个商圈东边走进来的非主观意识
非此刻，环绕屋顶的这首曲子已被下架
价值观争吵，又一个热点，真理的暗物质属性
溜进程序继续深化复杂度，我是证明
生活气泡而非铁，空气中有一个波动键盘的手
我是多重自我，一部分被游戏慢慢接受

读《密码》

从现实读到银河系隧道口
文字读我。被键盘编入一个游戏
黑蚁退出潜意识。转移痛
被根吸走，时间摆脱了土豆
超越真理的算法救活冰雨中一棵树
取消目的地地飞过撒哈拉
自由在大西洋移动船头，向四周
无意义在写诗，并非虚无
逆行从未来伸手推我的后背
突破形而上的简单，向火星转移
求证复杂认知的可行性
纠缠被风剪断，阳台上坐着今夜
北斗星帮我点一只松果牌香烟
空寂看过来。读鲍德里亚
后现代主义在云中划我的袖子
被一场雾隐去的生活处境
说不清追问个不停。鞋放在卧室

门外的台阶上，影子被宇宙还给分子式
一束光抽离之前找眼底静物
尘埃落定之前，石头在荒野找我

耳朵里的引力

遇见风折断树枝你总是弯腰捡起
你每天跑步都能捡到一些意外
空中，喜鹊像一只被黑白封面翻个不停的手
恐惧不断地把鸟鸣倒出来
你继续往耳朵里装各种语调和突发性
你还没有跑出树林，再去闻一下花坛
你还没有被汗淋透，跑出焦灼气味
你按下喜马拉雅，《一无所有》《像风一样自由》
引力从耳朵落地，一部部牵回
历史沙沙响，镜子不停地被一些脚砸碎
伤痕累累的耳膜
降落三只麻雀的对面楼五层阳台又轻了
引力升高了仰视角度，深夜有流星入怀
总有一种骤停像一只鹰准备新一轮俯冲
阻碍呼吸的是路，而并非气流
比窗口还孤独，笛声像一根竹子从空间伸出
风继续翻动柳絮和你跑乱的头发
嗯，纠缠永远是单调的
时间蹲在郊外一个半封闭院子的地上
春季已砸过五月的头顶
却始终未翻过一堵混凝土浇筑的白墙

描述冻雨

透明实现在黑枝条上，黑枝条停止飞舞
被裹上冰河的静态。沉默的神
叶子凝固，红黄绿终止枯萎。而抓住永恒的

另一瞬间里，透明倒挂着高压线，变电箱
生活在啪啪取火，冰层封住了门口
降下一场制止焦躁的反思。被拍下的忍冬
小红果透出冰层，尖利、锃亮
我的嘴唇因被图片的冷艳吸引而变凉
透明实现了环绕房屋，窗棂，停电中的路灯
给视觉挂上了水晶珠帘。透明实现了
恐龙骨架伸进错觉，嗅觉裂开远古
道路陷入滑行状态时，脚跟失控的人一直旋转
透明的重量折断窗外白杨树，哽咽住
我的喉咙。另一些断枝无处不在，车辆顶棚
胸口，依墙而坐或如梦初醒
石头实现了透明，被再次关进寒武纪，冰河期
再次患上失语。台阶像博物馆摆放的瓷器
透明包裹住新闻里的铁轨、车轮
高速路，飞机跑道，远方纷纷骤停
空气、速度，想象力，不断变形，被冷风的
刻刀雕塑。启动流水的铁锤，让清晨
发出砰砰砰，爆破音中脱落的碎片刺进我的听力
一场冻雨让冰河时期在意识里复活，是天意
住进镜子内部的万物，反观仿佛被拯救

布拉格查理大桥的一个上午

那个清晨，从布拉格一个民宿古老电梯
走出来的是当时居住在布拉格的
瑞典籍诗人李笠正在查理大桥老城一侧桥头
等候的，从苏黎世飞抵格瓦茨拉夫·哈维尔
机场的两个瑞士籍和一个中国籍诗人
是在此看星辰和朝霞都犹如第一次
对布拉格慕名已久，曾一度把米兰昆德拉的
《玩笑》《生命中不能承受之轻》放进怀中
使体温升高的的文学青年。是伏尔塔瓦河水
倒影里映出的彩裙波纹，碎光熨烫脸颊

用漫游导航，手机指南针定位，通过有道
或者Google翻译，潜伏进卡夫卡故事现场的
三个幽灵。一朵白云游过桥头的红屋顶
云影翻动脚印。沿着河边，她们边走边拍照
慢慢接近建于1357年、连接布拉格老城
小城和城堡的老石桥，是三份惊叹
她们犹如桥上艺人的三种乐器，三人组合
沿着历代皇帝加冕的必经之路
他们是被卡夫卡在夜间数过的每一块石子
所散发的磁场轻轻掠过的三种虔诚
被摸亮衣袖的塑像触碰到手心
被卡夫卡《城堡》《审判》中的
句子、词语依次打开语言回路
认识小职员变成的世间所有甲虫，是荒诞派
在生活中的三处敏感部位，三个谜语
给布拉格带来新的经纬度，是三个分子式
三种生存算法。这座露天美术馆的
三个非内行“鉴赏家”，在圣约翰内波穆克
被扔下桥的十字架光环下，她们坐下来
见证时间继续降落，是三个一瞬间
与落在十字架顶端的一只和平鸽仰头交流
关于拒绝泄密。抵达石桥的另一端之前
她们经过小提琴独奏，犹太人吹萨克斯
画肖像，还各自买了胸前挂饰。有人穿卡夫卡
穿过的黑风衣样式迎面而过，她们统一回头
30尊雕塑，女神、武士、人面兽身
以及兽面人身与空气碰撞着，传送簇拥、热流
她们是圣像光滑部位新的温度和指纹
视力被巴洛克和哥特式建筑的融合提亮
她们是三处逆光，三种对象征主义观念的理解
是三个想象力爆发点，是浪漫主义回归
从左侧塔楼到达右侧桥头，她们是
11点指针上的分别一瞥，是钟声打开的新听力
园顶、塔尖、古建筑、旧城门
捷克消失的枪声从时间内偶尔穿过一丝凉风

闻到，看到，尝到，她们是三个单词
生活中三种复杂度。沉默，隐喻，偶尔声张
两年后，在北纬45度晚秋的一个清晨
我坐在餐桌前透过一杯产地哥伦比亚咖啡的薄雾
在冰箱静音中，与一枚从查理大桥小摊位上
购买的卡夫卡头像冰箱贴对视，求证虚构……

寻找绝技

霍金的提醒从未影响天文望远镜找外星人
找绝技，用威尔斯《隐身人》小说里的
“隐身术”来对抗暴露恐惧症，
用口罩对抗空气洁癖症、社会距离综合征
为一条被观测的鲸鱼池子里灌满水
水中有物就好，一个反光体，外太空
距离呼吸一米、二米、无限远
一直撤退到时间之外够吗
光从窗口刺入，扫过焦虑、自闭症
抑郁和幻听，扫过一系列二维码
被损坏的时空关系。你对身影的理解
比对象形文字的理解力更胜一筹
石头里有物种，疑问有鬼，身体里有人
风带上沙，能高飞的意象几乎都被观测过
“死去犹如活着”，或者反过来
你在找撬开病毒吸盘与人类连接点的一块铁
撬开引起地球失重感的一个手心
你加入了祈祷救世主现身的发功仪式
像纳博科夫搜集蝴蝶，能飞的标本
清晨，你又想起搜索斯蒂文森那首代表作
《坛子轶事》，一个椭圆形飞行器
悬在半空，一个坛子一度整治了“田纳西”
你在找能恢复人类秩序的一种超现实主义手法
而不仅仅是绝望，不断更换算法

柳宗宣

看云山居集·7首

山房挂在山坡上

柱廊撑起云朵和红瓦屋脊
越过山石、坡地、梯田望过去
山房挂在山坡上：从汽车前窗
从城中返回山区的道途

从无到有的山房挂在草丛坡地
出现在大崎山确凿无名的山岭
这是从你夙愿生长出来的
在世流徙，祈祷隐身的山房

你一生经营的大地作品出现了
从光阴一点点累砌生成的山舍
体形轮廓，隐现栗树枝杈之间

从山坳公路，层叠坡岭攀缘而上
汽车的引擎在抖动。梦想变成客体
象形宅字，正挂在向阳的山坡上

黄麻坳十四行

大崎山夹着黄麻坳。公路干道边
隐于草木坡地，石头雕刻它的名

秋日梯田中柿树张挂牧溪山柿图
溪涧轰鸣竹林幽寂隐映王维辋川

以公路为轴心，如青草铺开人家
茶园和水库，缓慢转动整个世界
山道弯曲隐匿在板栗树间，伸向
现代版的桃花源，白云缠绕屋脊

泉水养育他们的稻禾、猪狗牛羊
萤火虫夜行照明；墓碑赫然耸立
房舍旁。棺材师突破了区域

劳作深山人家。你从树杈的雀巢
山民的院落，看见向阳山舍屋脊
避难所。这余生升起炊烟的地方

在看云山舍

一团灰云罩住西边太阳。从芭茅
望过去，光线和云团在那里僵持
充满隐喻的云象。永不停歇的
徒劳游戏，在唯一的时刻

向坡地池塘绕去，长长云阵
支撑天空的弧形；傍晚依恃
水泥廊柱，廊柱正支撑白云
和往事，从早年异地游来

和山坳火烧云纠缠叠合
当你躺在藤椅或从炕房出门
正好碰面互视；身体内外

冒现的云朵如消逝复见的故人
云气和天空：苏格拉底的神灵
游荡其中；戴摩尼昂之声被听闻

戊戌秋日黄昏过大崎山

经过山腰的贾庙镇，从高速路
驶入本地的缓慢；偏远的山岭
成为归依的近者。黄牛在散行
一个个边界被汽车前轮冲撞

穿过不同的行政村镇；沿途
解脱辖域；从山坳褶皱幽深
上升到云绕山巅。山坳结庐
燕子、野蜂飞入的屋檐巢穴

野鸽子穿过自我的版图，平原
与山地，盘山公路抬举你至高处
也让你俯冲下沉。身处的大崎山

外部的内部山岭。短促的高速时间
进入长久的缓慢；松果的自我构造
勾勒山冈轮廓。这凹陷处的你的呼吸

筑　居

房子一天天变样，在长高
开始高层的砌墙。从城中赶往
工地，雏形显露群山窈窕
砌到一半的窗墙，框住远山

青翠。落地窗含四季山峦
松门朝向东南方：开门见山
词语及物，留守本色
房子集空，朝向虚薄

混杂工地，凭靠柱廊侧身
从三色泥墙望去：山顶白云
拂拭瞬息静思。从地窖私密

到比邻阁楼的露台，楼道弯曲
上下。为多年的逃离建造安顿处
余生的修习，兑现于诞生的家屋

和少权月下散步

地面萤火游荡；夜空星河发光
草虫叫鸣。山月投影
我们的身子弯曲变长相连
话语交织；也不赞美

在一起的欣悦。一岁的小黑
跑在前面，蹲在岔路口等候
有时，它追逐萤火虫嬉戏
夜空星河发光；地面萤火游荡

溪水冲洗的五彩石，隐埋地下
并未消失，隐藏山房的基础
卡车爬向大崎山，寻访的老枥树

还在山坳，风从茂密枝叶传递清凉
此时也一样。月下道途灰白
路边的墓碑转头看见

适得其所

怀抱或背负。你们一同
迁徙，寻找最后的归所
流散的图书回归阁楼书架
令你折腰劳碌。火车行李架上

座椅底部，女儿和图书运往北京
新居；身心分离的图书回到身边
通往山房的路上，它们是车内主人
你们归来，凝视相看不厌的山岭

书房铺开民主的光亮；和着翻越
山岭的晨光；书脊照现斑斓
这一生的离异漂流，会聚浩瀚

一本书从低头背负的纸箱滑落
《适得其所》，正好降临
在庭院过道的栗色石头上

孙冬

当代·5首

烟的奢侈

等暮春点燃一支
香烟，让它一点一点
晕染四野，这么想想也好
四野已合，我们都看得见
血色

谁给这傍晚实施海姆立克急救
倒挂金钟，让它能完整一片儿地
归来
再散去……

请相信

没有办法，只能
相信有大能之手
相信有所呼
必有所应

就像相信无限小的猫必有一只
无限小的鱼

只能相信异象，在渊玄的酷物面前
它像烈女一样寂寞

或者相信寂寞也好啊，
人群真难伺候，带你至此，
却弃之如履

没有任何办法可以消解他人
暴走，甩脂，绝经，衰老
口无遮拦也不行，他们
不合逻辑，沉湎美食，
渎神，莫名消失，布拉布拉布拉

没有办法的时候，请试试去相信
沉渣泛起的早晨
双腿走向厕所的女孩
惺忪的禅意

荇 菜①

荇菜参差，月光流之，
一只菜鸟被欲火揉得舒坦
一座桥
临水睥睨
水蜘蛛摊开一簇水印

月光生出的绿色蘑菇，在
圆月的共鸣器里发出黄色的叫声
一声比一声高于回忆

荇菜参差，月光流之
那勾连和分割着的乐府，在水镜里
被搁起来，放下

① 龙胆科，也叫莕菜、接余、凫葵、水镜草、余莲儿，原产中国。

诗　人

风从来不表达自己
它弄出臭银杏和丹桂的混音
像模仿电锯声音的琴鸟

先知的花园里
一件工具和一个来自蛮荒的
种子都在改变着
自己
彼此
花园

像你理想的诗歌
呈现但
从不说明

当　代

这座博物馆
我只相信银杏和蟑螂
这两种最古老的生物

美占领了一个软沙发，在她
退行性的关节炎里，她发现了
神圣之物——
交叉感染

比如你不能粉碎一个早已崩溃的妇人
你只能把她捡拾起来，
你只能展示她
在这座博物馆里

比如用弄皱熨烫好的解说词
带着惊悚的感觉分类

只要能对付疯狂的
不可抗力

对抗湮灭啊，弗兰肯斯坦的怪物
当代将超越我们
像气流之间的摩擦

在当代博物馆，只有蟑螂和银杏
为我所憎恨

怀金

维尔诺的影子·5首

与芒种交谈

这个节点，语言
在照镜子。他观察到自身
无法拆分的绝句：
螳螂生，鵙始鸣，
反舌无声。

应该是布列松，在花神的梯子上，
仍然不愿意下来。两个影子在交谈，
鱼，过上了城堡的生活。众多的
我，在柏拉图的
洞穴里。

这么好的山河。
在瞬间。

发现一只布谷鸟

就在身后，一棵
矮柳树的枝头。它“布谷　布谷”地叫着，有点
不管不顾。无疑，它衔来了一大片麦地，和
一粒盐，我们以额相抵。那是掺了沙子的
沙哑的盐在叫。似乎我是那个埃德加·钱斯[①]，它的蛋
在我的巢中。

遥远的，遥远的叫声，我猜测那是
喜马拉雅运盐队[2]，刚刚翻过了雪山，在一座
玛尼堆前停下。就如同现在，我从柴达木
捡回来的一块盐，在书架上
"滋滋"地吟唤，内心的渴望，只有
麦芒上的群峰才能看见。

我命名这一穗麦粒，是巢寄生的，它们仍然
走着祖先的路。叫声中的盐，也在古道上，擦拭
神祇的忧伤。莫非这慰藉，来自
命定的、漂泊的鸟？它是

隐藏的，孤单的，先在地狱里飘一阵了。在行刑队
来临之前，在大苇莺和灰喜鹊歌唱之前，它是热爱广播的
埃兹拉·庞德——如此饱满的
荒芜！

①埃德加·钱斯，二十世纪英国鸟类行为研究先驱，以收集鸟蛋著名。
②喜马拉雅运盐队，喜马拉雅山中藏族古村民，运盐贩盐以换取小麦。

键盘上的黑豹

黑幕一样的黑底，绿宝石的
眼，不眨动。我有一个好视力，可以
赊下一棵楸树、它在负压里的整夜，徘徊。
它的漫天花朵抖颤，蜉蝣掘阅，无声
就是最好的素描课。

一起伏击的人，没有身体的
坐等，手谈，埋下一颗黑种子。
麻衣如雪，佚名的雪衣，命名一只
黑豹的雷，滚过单行道。

之前，是闪电的虫子，远
对近的撕咬，词的啃噬，真理如此小，

刚刚度过危险期。一粒芝麻吹着口哨，
扒开自己的门。

它们都带着由伤疤结成的花束，
我带着朽木，在水边浮着。如果有岸的话，
如果有。

几乎是低飞，几乎是
天空对空的隔离。

维尔诺[1]的影子

米沃什说起它的色调：“墙壁的奶油色，倾斜的
影子”。这里是维尔诺，有四十座
教堂的维尔诺，它们的钟声是一同响起的，
还是逐渐沉寂？那么维尔诺的钟声，
沉寂了吗？这可能需要驱魔术，有无形的
一句咒语，在“另一个欧洲”，它们拒绝了
应该有的修辞学。

眨动眼睛的那个人，几乎是但丁。有人向
母亲和华沙发誓，说到一名“叛徒”——
显而易见，肖邦式的思想，是动人的、是难以翻译的
一支蔷薇。“它不能大到足以裹住一座纪念碑”。

该相信谁？在“私人的宗教”里，我们是否
用密码写作。“让死者和死者说话，并提出证词”。就像
晚年站在一个带拱廊的院子里，还可以听到十九世纪
驾车人的鞭子，落在四轮马车上的啪啪声。他的同伴们刚刚抵达
一个庄园的门前。台阶上的落叶，有了
一丝惊动。

那里的云朵就是一座座建筑物，巴洛克风
一直无法吹走它。在废墟上，一个句子会
在自己的头上撒灰，坚守自身的秩序。我们说到
祖国，仍然会保持着一个

小地方人的谨慎：它究竟是母亲，
还是正在塑造的子女？

①维尔诺，二战前为波兰的文化中心，现为波兰语的立陶宛首都维尔纽斯(Vilnius)。

祁雨沟金矿一定有一个叫瓦雷金诺的地方

编号580的平硐口，电机车把一车车的矿石
运出来。一块块，和平时见到的岩石
没什么区别，青灰，粗粝，有炸开的棱角，
不说话。第一次见到阳光，第一次
闻到空气，第一次睁开沉睡许久的
双眼，刚刚来到尘世。

它们就被破碎。通过那个叫尼尔森的
钢铁机器，一遍又一遍，变成颗粒，
变成粉，在摇篮似的摇床里，来回晃啊
晃成矿浆。骨肉要分离，骨肉
还在一起，我该怎样来描述
这一场大清洗？

从骨头中榨出了金晶粉。

肯定有期盼的挖掘，我们一直挖。
从露天开采，到地下300米，600米，
我们还在挖。有线索就一直
挖，挖出那个叫日瓦戈的人，挖出
17岁的拉拉祈求的诗歌。

有什么是厌倦的？有什么苦难
可以遗忘？医生，梦园的地方
是存在的，或者叫瓦雷金诺。
无数的影子，其实只是一个，他看到了
那个背影，他走下电车，就
倒毙在影子里。

从乌拉尔到祁雨沟，他们是
一样的村民，在零星的山谷
坡地，还在用镰刀收割。他们老了，
她们佝偻着沉重的身子，把一粒粒麦子
收入囊中，就像遥远的爱情，
多么奢侈。

在地下。

草树

老院子·3首

老院子

水泥路休止于离老院子十米的地方
仿佛弹奏的琴弦断掉
谁扯断了那根弦
空旷中传来寂静的争吵声

荒废的院落。小路长满茅草
屋顶垮塌，雨水格外喧哗
一根断掉的琴弦，唯有风在演奏

正午时分小舅在东边新房敬奉
二舅在西边老屋叩首
我看见死去的老外婆在茅草丛穿梭
一枝荆棘挂住她的衣裳
加剧她的慌乱

消逝的老墙

一头水牛在砖泥地转圈
面上稻草，慢慢进入砖泥
热烈的月明夜，两个人
提着砖匣子快步前行
停顿。双脚——不是一个人的双脚

而是两个人一人一只脚——
一踩，嗤的一声，土砖诞生

砖坯码成“高墙”
一行行形成里弄
孩子们在中间穿行，奔跑
可不同于我今天走在黄泥街
电线布满天空
外墙油腻，人群陌生

老墙聚拢人群
土砖渐渐磨掉棱角
光滑的表面露出草茎
冬日的阳光照耀
温暖又背风
一个白衣男子在讲掌故，面带微笑
（那是我爷爷）
一个年轻少妇纳着鞋底
手不时停顿一会儿
（那是我婶娘）
蜜蜂在土砖上的小洞口嗡鸣

没有照片的童年

后院的土坑
肢体扭结的伙伴
咬紧的牙齿洁白
松开，绽放几朵栀子花

在远亲家，夜晚我寻母亲
看见房里一个女人坐在淤桶上
其他几个在说笑。
我像触电般退回去

后山松林小径中
扁担在肩膀上压出红印
落下担子，喘气
四处小鸟鸣叫

陡坡上父亲拉着板车
碾出吱吱的声音
我在后面推，手不够力，以肩膀顶
沥青路上一线湿印

狼山坪放露天电影
父亲不让我去看
我一个人蹲在沤肥堆上
月光洒满小院

没有照片的童年
会是怎样的时光
日落时分一声鸦鸣
雪地上一地碎银

臧北

回忆录·6首

厌　倦

又一个人死了，在病房
又一个人厌倦了人世
招呼也不打
他爱过的和恨过的人都来
围在身边哭泣
以为用眼泪，这水做的黏合剂
能够缝合他的心
但他摇摇头
闭紧了眼和嘴，一使劲
就挣脱了泪水的吸引

栾树花

栾树花落了
我坐在河边上看着栾树花
掉在水面上
然后就随着波浪流淌

十年了，栾树花没变
河水没变
还有把花儿吹进河里的风

改变了的
只有我

我坐在河边想起
这么多年
你一次都没见过
栾树花是什么

在葬礼上

我没有仇敌
我所有的敌人都是因为爱
现在，他们聚拢来
围在我身边
低声念着祈请

我给予他们的
都是残缺的爱
现在，他们却把我包裹在
完整的爱里

完整的爱
和黑暗

悼　念

又一个人死了
没有人阻止他
就让他死吧
人们说
这多情的人世对他来说形同虚设

他死的时候

大口喘着气
仿佛江豚
在江面上探出头来
天都黑了
空气里流淌着墨

上帝要在雪地上写字了

等江豚

给傅野、育邦、老李

我们盯着江心
等待江豚跃出水面
一整天，我们无所事事
躲在十四楼的玻璃窗后面
盯着江心
有时靠在阅江台冰凉的栏杆上
打量来往的货轮
（客轮据说早停了）
但它们没有江豚好看
后来，我们就忘记了江豚
只是专心致志地盯着江水
那些从上游来的
新鲜的泥沙改变了我们的认识

也许是风声

我听见你在空中说话
只听见一个单词
像是低语

又像是喊我回去
低沉
却又清晰

你的嗓音的确在窗外响起
我打开门——
只有一阵透明的风

你总是这样
喜欢躲藏在
不能现身的事物里

灯灯

戏中人・7首

高姥山，和一株杜鹃相认

高山之上，拨开云层和一株杜鹃相认
就是和这满山的红相认，就是
和时光的血性相认，就是和整个春天相认
——什么是悲欣交集，什么又是
无端泪涌
草木皆知我心，雨后
它们以清新之躯度我，以天空之镜示我
它们把我领到红的面前，重新学习
从滚动的露珠上热爱人世，热爱
生的古老技艺
此时善意显现：山路弯曲，石头露出玄机。

花溪遇蝴蝶先生

溪水清洗人心，蝴蝶翅膀上群山分配辽远。
在花溪，遇蝴蝶先生
以天地为课堂，山河为课本，以石头为
三尺讲台
溪水中有戒尺，有教诲
先生说，要学会聆听：听心，听善，听美
我听先生之言
卸下负重之躯，溪水带着溪水远去——

我不急：山花开放，明月照丘壑
我且慢：山路崎岖，灵魂和溪流正在拐弯。

在磐安

身心两安说的是，虫鸣、蛙鸣、鸟鸣
还有流水昼夜不停的声响
都会会聚在枕边，都会唤醒一个灵魂
我和你说过，在磐安
所有的红都义无反顾，高姥山所有的映山红
都红得内心，红得勇气
我也红过
我也把山河指给你看——

青松孤傲。
落日如灯。照前程。照。也照
人世的小悲欢。

4月4日，一封信

五官上先人的遗址。风推着枝条上
雨珠的门。焕然一新的亲人。
从地底归来
晶莹的亲人。
要和人间相认的亲人。

春花落。春水涨。柳絮飞。
又是一年
4月4日。

我的五官拥挤。我的心事拥挤。
春天了，野花亦拥挤。

我有溪水纵横。明月有千丘万壑
不说。不与人说。

我们排着队：落花流水鳜鱼肥。
我们找旧住址：绿邮筒，一封永远

发不出的信

信上写：一切都好。勿念。
泡桐花在昨夜深深开放

我有人间眷恋

亲人们啊，你们也在那边写，写——
同。皆同。

一部分

蚂蚁越过刀锋，为了砧板上
遗落的肉屑
有时我确实遗忘了一只蚂蚁的力量
一群蚂蚁的力量
天在下雨
刀背闪着光
它们在我的诗歌里，各自为政
有各自的使命
它们在相遇的一刻
充满敌意，又相互原谅
成为我能感受
却永远说不清楚，日常的一部分

雨落下来
这让我安心，放心

确实是，蚂蚁越过刀锋
刀锋擦亮了雨水

我和雨水，紧张，对峙，凝望：
是中年的一部分。

雨弹奏树叶

雨弹奏树叶，会发出一种光
我有多年没有见过这种光
微弱，执着
仿佛是父亲，从颤动的树叶走出
他已不再像从前一样
担心我
一如我不再问
父亲，在另一个世界是否安好

雨继续弹奏树叶
发出一种

……我和父亲，才懂的光芒。

戏中人

孤独收获了月亮。水龙头呵斥了江河。
戏中的人，唱词悲愤，婉转
如果我要让他活下去，如果他执意
一死再死，一再活成
我们每一个人
如果我的听力突然中断
如果我凝神

看见死去的人，死去的物种
都有相同的小命运
抛出的水袖，在山顶，在云端
迟迟不肯认领结局

我空有一颗山水之心
我空有一颗悲悯之心
我空有一颗诗人之心

金辉

试论诗的翻译 · 5首

试论诗的翻译

从诗歌翻译的角度来说，或许诗人
说得更准确一些：诗意即翻译过程中
失去的东西……所以，从英诗
到汉诗，或者从汉诗到英诗
再或者从汉诗到英诗，然后
再回到汉诗，因为语言结构上的
巨大差异，加之词语的多义性
我们读到的都是模糊之后
所谓精准的作品。比如美国诗人
加里·斯奈德翻译的寒山诗
从禅境角度出发，英语之下的
禅诗很难做到虚灵宁静
再比如杜甫的名句“名岂文章著”
翻译成英语后，再回译成汉语
大概就变成了：我的名声
配不上我的写作……
曙光老师说翻译的根本问题在于是否
“忠实”，我觉得这对于一个
优秀的翻译家来说不是问题
最大的问题，也是最大的困难
是国人使用汉语的大智慧
比如今天，这是新年的第一天
一整天，我没说一句话

没人可说，也没什么可说的
夜里连梦也没做上一个……

马　戏

我第一次骑在我爸的脖子上
那么兴奋，为的是
脖子上，和马戏。
一块乌云悄悄地移过来，
但是我们什么也不知道。
那只狗熊熟练地滚动着皮球，
但是看起来一点
也不高兴，我们
什么也不知道。
那只山羊在走过钢丝后
嘴里咀嚼着什么，
几个粗大的雨点落下来，
但是我们什么也不知道。
直到一场躲不掉的大雨
从瓦盆里猛泼下来，
我们意犹未尽地冲出戏棚，
至于那未能找回的门票钱，
我们什么也不知道。
回到家里，我妈说
都是穷苦人，罢了吧。
那究竟是多少钱，我们
一点也不知道，但是
我第一次震惊于穷人的慷慨。

读书有用论

一个孩子以眼睛可见的速度长大
但他的父母亲并不急于如此
而是有一天突然就老了

在某天早晨猝然摔倒
然后需要永远躺在床上
需要像他儿时一样，有人喂水
有人端来吃的，有人清理
他的秽物，有人擦拭他的身体
但他的儿子不知道该怎么做
他读了很多书，却没有一本书
写到这些，他想像一个孝子那样
在床前尽孝，并从心理上
安慰自己。他猛然想到
那些先贤们的故事。于是
他钻到那些古籍里，去读

读书乐

相对于不读书，我更喜欢
把周围的空气抽干了
在真空里读
相对于那些滔滔不绝的书
我更喜欢简短的
但让我不尽怀疑的书
相对于依然活着的始终无法
结论的作者，我更喜欢
已经死去的但是能够
突然把我惊醒的作者
相对于长寿，我更喜欢极少数
体验过猝死的极乐的作者
相对于读什么的自由
我更喜欢不读什么的自由
相对于正襟危坐，我更喜欢
半躺在沙发上随时睡去
相对于书里描写的夏天
我更喜欢六七八九月的花

写在人生边上

钱先生去世后的第二年，
我的同事们再次出版了他的这本小册子，
淡绿色封面，32开本，
薄薄的八十几页，卖六块九角。
这是继1941年、1946年之后，
第六次排版印刷。
曾经的两位编辑，一位已经
回家颐养天年，另一位现在身居显位。
但我并不喜欢它的排版，
16磅的大字号，楷体，紧密的
行间距，总是找不到下一行的开头。
尽管如此，我还是读了大半。
钱先生行文擅长讽刺，但温和
不辛辣，耐得住寻味。
有一次，我晃着家里的一本旧藏
和当年的校对开玩笑说：怎么会有
这么糟糕的版式呢？
但是她诧异地说：这本书不是用来读的，
是供后人做版本考证的。

游离

保罗·策兰讲义·5首

写诗不是为了……

写诗不是为了
去经历
奥斯维辛那种磨难
也不需要
而是为了避免这种磨难
可惜，诗确实是无力的
它熄灭不了熔炉
抵挡不了坦克
杀不死病毒……

保罗·策兰讲义

我觉得要理解保罗·策兰
需要理解他的一句诗
在《死亡赋格》中，他说
“死亡是从德国来的大师”
那么，什么是死亡
在保罗·策兰
生活的二十世纪
死亡是一种现实
还是一种思潮
或者是两者交叉混合在一起
不断地重现与递进

然后，为什么说
死亡是从德国来的
而不是从其他地方来的
这里
有他对自身遭遇的体察
也有对二十世纪
苦难
根源性的思考与批判
作为用德语写作的诗人来说
得出这样的结论
尤其令他痛心
最后就是，什么是大师
策兰目睹着它
从青涩的学徒期
到狂飙的青年期
最后成长为
一个更成熟更隐蔽的大师
今天，二十一世纪
已经走过二十年
我们重读保罗·策兰
是因为死亡这个幽灵般的大师
仍在指引着我们
重新走向万劫不复的深渊

一个人可能是……

一个人可能是
波德莱尔
卡夫卡布罗茨基策兰
曼德尔施塔姆
还有一点点佩索阿
一个人可能谁也不是
而是一个混合物
一个人可能是我
也可能不是

一个人就是一只猫
一只薛定谔的猫

牧猪之人

他，戴着鸭舌帽
出现了
有点孤单
在他的面前，除了寂寥
还有一大群猪
它们在
一片绿油油的草地上
快乐奔跑
慢慢地，跑远了
在他的视线里
挪动着
无数的黑点和白点
远山安静的轮廓
天边发呆的几朵白云
定格成
黄昏最后的画面
他，仍然
戴着鸭舌帽
有点孤单
好像是这世界上
最后唯一的一个人

儿子的意志

儿子两岁时
刚开始学说话
他一会儿拿过来
一块积木
说三角形

一会儿
又拿过来一块
说正方形
又一块长方形
如此反复
交替穿插
他乐此不疲
一整天不停地说
我从未见过有人
如此热情
如此高频率
翻来覆去
就说这么几个词
直到两三天后
我发现
他的声音有点沙哑
喉咙发炎了
但令人惊奇的是
消停几天
喉咙好了
他却奇迹般地
会讲很多单词了

陈星光

半生登半山·3首

访叶绍翁旧居

我小时候背诵过你的一首诗，
但没记住你的名字，
我想你并不会在乎。

满园春色怎能关得住？
她们不理会人类的指鹿为马，
纷纷用花朵竖起了中指。

你也在朝廷做过小官，
更多时光用来隐居。这合乎
一个有良知的读书人最终的归宿。

有泥土、阳光和雨露足矣，
何必去求那些名兮利兮？
屈身以求的，大多靠不住。

清风明月儿童促织纷纷跑入你的诗句。
随口一吐都是真性情。你号靖逸，
看透了，从此不屑与黑暗为伍。

你把居所建在村庄与村庄之间，
旁有竹，流水清。赤着双脚
捧读一卷书，更多时间把目光投向星空。

这个春天我来看你。
我也写诗，恍惚是另一个你。
近千年时光只是不断轮回而已。

半生登半山

去年我曾来到皋亭山下
拜谒灼灼桃花。
运河水缓缓流淌，今天和去年
并没什么两样，却依稀照见
我的白发又多了一丛。
一个人的老去何关历史的轻重？
仿佛看见小康王的仓惶、蒋中正的凝重、郁达夫的忧郁
正在穿越时空。

今天沈方商略江离和我又一次进入山中，
它有另一个名字半山，恰似我们
不知不觉已到半生。
一生究竟要走过多少迷途才能修成正果？
仅仅为了抵达怡神阁，
我们就宛若进了绿色迷宫：
下半生的步履远没有前半生雀跃欢呼。

更老的老人从山下的房间走出，在半山的低处
安详地跳舞。
“有过多少往事，仿佛就在眼前”
当熟悉的音乐撞击我的心灵和耳鼓，
他们走着最后的脚步，唱着
最后的歌声。
仿佛看见多年后的自己。

阳光透过绿荫掉落一地黄金。
杜鹃花像古人的魂灵再次回到这里。
他们沉默地凝视我们的盛世：
元兵的金戈铁马远去了，
我们又靠什么挡住时时袭来的风雨？！

望宸阁上我看不清杭州城。
淡淡雾霾遮住真实的人世。
多少朝代和生灵走马灯地过去，
唯半山屹立，不言不语，
像一个巨大的消音器。

在盘龙谷聊起陈亮

我也是由夏入秋的人了啊，
却还不能拥有一颗秋天之心。
一张忧戚的脸让我惶惑，颤抖。
一滴水里看见现在。一滴泪里
看见谎言的破碎。
在去往盘龙谷的路上，一片片金灿灿的稻田
让我流下难言的泪水。

这面湖水让人一见倾心，足可洗濯灵魂。
松林里可曾放得下我的宿愿，
穿上汉服我也已做不成古人。
时光太快，而谷中葱茏，
不管有没有龙从此地飞升，我把四周连绵的群山
当成是对苍生悲悯的护佑。

仅仅写下优雅的诗句是不够的，
每一首诗都是梅花泣血的心。
今日谷中雅集，一群现代的书生
在曲水流觞和松针般掉落的时间里
写下的诗句，可曾映见这个时代的真容？
我欣喜座中有人聊起了陈亮，
倘若他出现在此时此地，
又当填出怎样一首词？

谷中长出的一幢幢四合院有隐逸文化在飘荡。
在这里我也许能成为半个陶渊明。
但胸中猛虎，如何细嗅蔷薇？
一个仙女尚能奏出《十面埋伏》，

我能否成为陈亮迟到的学生，
声声长啸穿过眼前的人群和松林直上云霄，
廓开笼罩在身上
太久太久的阴翳！

雪青马

在细雨中观察一只黑腹滨鹬·5首

在细雨中观察一只黑腹滨鹬

冷却的时间在湖面解冻，散开
细雨的针脚点击，缝纫波光的皱褶

在湖面散开的，还有一个动词的涟漪
一只黑腹滨鹬刺破喑哑的布匹
一条出水的小白鱼

寒风吹过来一只黑腹滨鹬
它在旅途中捕食，正好被你看见
其实，它就是冥想中的你

你在细雨中观察一只黑腹滨鹬
你以为先看见了它
其实，是它先看见了你

向晚，登山遇雨

在诸多不幸之外，幸运的是——
久违的事物，依旧有着熟悉的面容

向晚登山。遇雨，也遇见
同一个凉亭

在雨水般持续滴落的黑暗中
山林越发呈现出它的丰富、深邃

以及成熟。潮湿石阶，诸多细节
流动着层次分明的表情

雨脚，涟漪，浮萍，眼神
诸多细节，组成这一天细碎的倒影

一场蝈蝈雨落进陶渊明浑浊的酒杯

一场雨，消退暑热
一场雨持续奏响如蝈蝈振翅

一场蝈蝈雨，在陶渊明
翻阅《山海经》时，从山林升起

一如大地按捺了一个盛夏的阴气
从街衢与山川的交会处，升起

立秋将至，荒原暑热渐退
虫蛙依旧乱叫，这安稳的乱世

——这繁华的末世。灯火辉煌处
有妇孺裸身哀泣。有暗流腐蚀

东篱的菊园。这天色渐暗的东晋末年
一场蝈蝈雨落进陶渊明浑浊的酒杯

题话剧《郁达夫》剧照

秋夜，山村。
一株大香樟的粗枝条，
准确捕捉到了室外舞台的空。

追光，在月光之外。
一种白，穿透柔细竹帘的轻；
映出一个时代，
面孔的清俊。

银灰色的月光啊。
东瀛的女郎，胴体的洁白，
加上旗袍的风骚。
一个王映霞就是一个杭州；
沉沦的江南。

秋夜沉醉，虫鸣如水。
一棵光秃秃的枣树，
几把木椅，
一个白色人影走动。
念念有词。

失魂落魄的南洋。
每一个夜晚，
都像同一个夜晚。

长白山火山大峡谷

在更低和更深的地方
比如峡谷，比如

长白山火山大峡谷
有灰色岩石峭立，如刀戟林立

大地与自身的战争
远未结束。来自地心冷却的愤怒
依旧令人不寒而栗

黑女

内景图·5首

漂木河

这是一条大河，饮马，洗靴子，
喂养鸟鸣。漂木在上游是绿光的游戏
中游，法则和护身
把下游变成一场等待

靴子和林子是另外的空，我们用风声
腾出一部分，容纳积叶和大雪
世界的嬉戏从裸睡的根部开始
因为了解，我们互为声音

——我们互为内部，就像日头在树中
词在祖国中，不乏保守和激进的翻滚
头顶上的天，是天命、天道、天意
落到地上是天赋、天才

脚步声在林子里像空手套
问候最早的鸟鸣
漂木沉重，滑行却轻盈如昵喃
他丈量它们，用单音词脱去枝叶

一天护林人开始讲童话：
是的，我把漂木河移到天上
失去了它的汛期……他把灯光译成月光：
认识有，总是困难得多

石壕村

李白赠诗说“飘蓬各自远”，
杜甫一生都在路上。据乱世，
若把心做成火炉，诗就会像精钢。
那晚他到此投宿，
敲第一家门，然后第二家。

读杜甫一年，才触到他诗中的土壤、
气候和收成。百年苦歌，知音却
渺如故土。这个以拙为荣的人，
在大地上种出天空。
暮色和暮年，除了诗都成竹篮打水。

也有春风拂面，蜻蜓款款，那是
浣花草堂，短暂的安宁提炼了
万物的蜜，深情是通灵之眼，
他从祖上那里早确知：一体同仁
是天地多大的道。

石壕村、绝笔中的小舟都太偶然，
时代也还稚嫩，辨认不出
麦子色的诗篇，而今有几人懂得悲慨？
沿着一个信念的斜坡，我的心
缓缓上升。

内景图①

语言秋千荡过去，会在内心留下
什么样的图景？悲心约等于爱
在石漫滩水库，吹过残荷的风
吹醒我们的心眼

九曲回廊伸出语言的巧手
护住歪斜的柳根
吊桥揽住长亭，白鹭飞

《白鹭》的译者沉默，少酒
在今古的快与慢中，滤出一种沉静

白鹭的瘦胫西渡
偶露峥嵘，而“西湖之美
那是一种荒凉”。于是有出走
和茫然，对名词专注，动词敏感
此为另一新的平衡？

可唱《游园》，切勿惊梦
“往事萦怀……”而佳人有
无法抵达之迟暮。荷风撩拨
柳条便露出婀娜本性
“我们一直在抵抗，这场战争
只有自己知道。”

古即是新，老也是幼，这湖山
会不会如此阅读我们？
在现代性焦虑与忘怀山水间
我也没有学过“身段”
归于大地，归于大地
归于流放之安逸

①内景图又名内经图，源于《黄帝内经》，将人体结构与自然山水相对应的养生图。

林　中

鸟鸣刚饮过三月的雨水，
比竹叶上的露珠圆润。
在荒野住一晚，住一晚吧，
念头一出来就是巨响。
黄昏不是象征，你无法使用一个
已过期的密码，让活着像是一场
解线团运动，但可以给自己造山，
沉入某种无名的攀爬。

隐喻的象鼻山喷出水柱
如思考的形状，当光不再是一种溢出，
星空的辩解多么苍白。它不会向你道歉：
汲引了你那么多心泉。

很快我们就知道，离那口井
还远，离全身浸透冰水
还远。死亡不是终点，悲哀也并非了悟。
在生活的镜面，一枝干莲枝擦拭
时间，一天有人接收到了外星人的
神秘信号，然后告诉我们，
对世界所做过的探测其实如游戏。

渐渐我熟悉了每棵草的抒情方式、
鸟鸣的粒子构成，晚霞中登上返城的台阶
回看，不相信曾走过那么深的幽暗

寒　蝉

整个它的身体，是一个发声器
四至十四年的黑暗和喑哑养育

翅膀是两面光的镜子
——只有个把月的时间朝觐光

声音也是一种统治
当意义说完，还有音乐

山腰，雾每俯身一寸
就在白坡松认出新的沉重和缓慢——

“我的丰富是万物的加法
我的单纯是那个最初的‘一’

“相对于发现，我的困惑更有价值
发现短暂而困惑长久

“历史在少数人身上闪耀
寻求与它匹配的词
相比于快乐，痛苦更需要传承。”

唉，他们的深蓝色思想
载着白皮松盘旋的虬根
静息的群山开始奔跑

发现

Discovery

诗建设

林丽筠

林丽筠，1980年出生，广东省揭阳人，诗歌学习者。

我知道全部真相（7首）

我忠于

我忠于我的词语
我的笔下没有谎言；我忠于
太阳、星星、清晨里跌落枝头的花朵
带着露珠加冕的荣耀
仿佛还在诉说
作为世界短暂的战栗，正如我
作为我

我知道全部真相

我知道全部真相
依然和谎言结伴

它带我走进世界
它知悉我全部秘密

贫贱和高贵
践踏和被践踏
烈焰和宁静的心——

我爱这全部
我握着和世界交换的河流

某种别离

诗歌使她勇敢，使她
不再需要是她设想过的任何，
因此，再没有伤害，也没有赞美。
她渐渐居住在一连串动作里
完成，又重新开始——

即使多年之后，她不再编织词语
如山脚下独自编着竹篾的
老式手艺人，不再依赖这不确定的形式
使之成型。此刻，延绵的大南山山脉
在她窗前变黑——没有其他事物因为沉重
而如此轻灵。没有一页纸、一行诗
属于她，在过去，或未来的某一刻
尽管风把它们吹得哗啦啦响，从她手中
尽管她时常把自己放进这些词
相互摩擦的震颤中，从它们黑暗的子宫
艰难出来，一次又一次。一个男人迎面走来
一瘸一拐：他的腿想要离开他，想要
独自说话——他的灵魂对此一无所知。

邀　约

来吧，和我跳支舞
那频率说，水晶之夜，林中空地
脑垂体下面的篝火
明明灭灭，我独自一人
已跳了许久。

我像一匹狼，孤独重复
孤独，白骨叠白骨。柔情华尔兹
肉和火相互吮噬的探戈，燃自布宜诺斯艾利斯
肮脏的码头，吉特巴，波浪，我擅长模拟
另一个存在，擅长从胸腔
喷涌玫瑰，在夜空培植闪电。

你只需是一个影子，步履轻盈；是麦浪
我的气息柔软你的四肢
只需要把脸朝向我，让我，节奏分明的刀
镂刻——脸就是你的帆。

我爱你，我爱在我的音域航行的
破败荒原，我爱这肢体起伏又熄灭，火狐狸
目光里的汩汩水声。我爱你进入我
蜂蜜般浓稠的黑——

森林深处，我浑身鳞片般闪烁着
脸，千万张脸，千万种存在：绯红的，多汁的
苍白的，枯竭的，童年，青年，猩红的
中年，风干如蜜枣的晚年，河流般宽广的
火柴棒末端仅剩的……

走近你，欠身，沉稳伸出右手，我彬彬有礼
把你摘下，轻贴于胸前，空隙。又一鳞片
镜子，缄默的双唇，眼眶大写的O——
风吹响它，像吹响漫长的隧道

在海边

1

我不会告诉你
那女人如何毁掉自己
仿佛将生命献祭给了上苍，或者大海的咆哮
仿佛那些石头就是她怀里的词。她躲避
在阴影里，以为那就是信仰。事实上她在哭泣
当她平静抚摸滚烫的石头，仿佛圣徒
抚摸科隆大教堂的圣骨，当她努力进入
事物内核，倾听海岸线上木麻黄的声响——爱上
某物，可能是逃避，也可能因为崇高
就像小酒馆里，谈论诗歌的人们
就像弹着吉他的水手，弓身于
别人看不见的事物，吉他，只是一道蓝光
她的勇敢足以让她承受常人无法承受的孤独

足以让她离弃整个世界，但无法教会她
面对另一些状态。她唯一敢于触摸的就是词
或者石头，凝视，怀着爱恋的炽热，仅仅因为
它们没有一双温和的眼睛。她诅咒那些该死的石头
诅咒它们的存在，让她无法靠近大海
但如果只是沙滩，她将诅咒水
太多太多的水，从不停止倾倒，从不停止漂白
夜，回忆，浸泡太久的脚掌，愚蠢，烦琐，近乎邪恶
近乎麻木。此刻她在桌前，敲打键盘
就像当时她扔出一颗石子，往远处的礁石
看着它在上面蹦跳，落入水中，而她全部的力量
仿佛就那么一次抛掷。

2

现在你明白，所谓透彻
无非盯着水面太久，有时是盯着影子
你的勇气，仅仅足够远离，拥抱
世界的人，有更强壮的臂膀，而你只有一小撮词语
一丁点儿燃料，仅够你照亮
一行诗，或者什么都不。或者什么都不是，都没有
你拆开自己，很多次，仿佛那是你唯一可以
用力的事情，后来你发现那些动作不过是一堆谎言
欺瞒的手段，你得以包裹得更紧，并获得自己的宽恕
是的，自己的，外在的宽恕是恶的一种
外在的爱有更持久的动力。而今你什么都养不活
三角梅，长隔木，风信子，甚至绿萝
你待在空荡荡的阳台像一名酒鬼
尽管你并不喝酒，但海的咆哮就像酒杯里的烈焰
你被吸引，被一次次召唤，一次次抛掷
回来。你饮下的是整个虚空
无人可敌，无人能唤醒
你——忠于自己太久了以至于像一个漂亮的谎言。

3

你必须习惯被击败，被自己的诡计
你必须习惯这条路的规则，以至于选择
就像献祭；你燃烧那些终将破败之物，包括泪水
燃烧你身上那些经得起燃烧的部分，像阿基琉斯
但绝不留下脚踵的考验；你仍会颤抖，颤抖拒绝燃烧
你更加孤独，孤独是绝燃体，而且擅长扩张；你的道路就是火
奔向自身的过程，终点只是熄灭。但你仍然
取出火苗，给予它河流般的声音，给予它玫瑰般的嘴唇
给予它所能达到的最低温度的吻，给予
你所有已经被烧光的东西
和不再激烈燃烧的意志

我从不怀疑

我从不怀疑此刻自己
比去年轻灵，伤痕像星光
轻轻将我覆盖，当我站在同一棵凤凰木下
仰望同样火红的花朵伸向蔚蓝天空

尽管岁月止不住流逝，爱我的人不断离开
尽管一年来，病毒的恐惧
凤凰花一样鲜艳的血，风暴和利刃
剧烈袭击大地和我，我的灵魂并没有变得苍老
也没有因此而冷酷

我依然爱你，枪手
依然拥抱你，世界的幻象
如我深深拥抱你古老不变的本质
依然袒露自己，像这些不屈的根须
在干旱的季节，更加有力地拥抱泥沙和石块

什么能改变我？什么能将我吸引
让我离开我钟爱之物？
我已拥有的，你并不能给予
我所没有的，你和我一样贫乏

什么在发出声音

不要回避那声音，细微疼痛
仿佛刀尖冷光，钟锤摆动
嘶嘶割裂声泛出涟漪
在强大如虚无的黑暗
在渗进指尖的寒冬

不要回避黑夜对影子的拷打
当玫瑰色之吻尚未溶解霜花
双眼深渊未被填平
皮鞭和流血的背有相似的光泽
强权和卑怯诞生于同一子宫

不要回避那滔滔之声
希望的河流，抑或黄沙狂浪？
当它覆盖古老大地
覆盖仰向天空之脸
当你屈服于一滴泪水

不要回避那召唤如同嘲讽
它们有同样美妙的声线
结伴穿行于血脉和尘埃之路
携带同等分量的夜晚
手指光芒闪耀——

猎户座、大熊座，它们指向星空
——方向，或者讥讽?
不要回避血肉撕裂之声
一块骨头急于挣脱充满警报的身体
一行盲目的血开始攀登纸上山峰

不要回避溺水者的目光
它在瞬间撞响生死的大钟
在清澈水底凝结道路和词
获悉所有秘密，因此解脱艰辛

不要回避这样的清晨，芬芳的嗓音
绽放于光的柔情
枯萎于光的强盛
你别着它，在胸襟
仿佛哀悼，仿佛舞会上的花枝

——什么在发出声音?
——水滴。
水滴永恒，在时光永不荒芜的绝望中。

彭杰

彭杰，1999年生于安徽六安，现就读于首都师范大学中国诗歌研究中心现当代文学专业。作品发表于《人民文学》《十月》《诗刊》等刊物，获光华诗歌奖、东荡子诗歌奖，参加第十一届“星星大学生夏令营”、第九届“十月诗会”、第九届“《中国诗歌》新发现诗歌营”。

万　物

吊顶上的藻形纹饰，目视落下的灰尘
有时也坐下来，和他一起打几把扑克牌。
他追更，刷战力，聆听冰弦上悬停的海
涨满，只一阵抖动，就从双手中释放。

鸟鸣像一个名词的范围，从林间照过来
转授听觉中的枝杈，每一声都是此刻
彼此的尾行与结合，星辰般涂改着自身。
而所有的夜幕都是古代史，如此耐心

黑暗被呼吸阅读。阶梯走回自己的位置
复制空间感和水银般的重力。总是这样
万物窃取我内心的想法，并藉此成型
野火是被失明修剪的花丛，而所有奇迹

都包含碳化。旷野中严重的空旷与平坦
由每一个行人承担。你知道，也期待着
途中的雨水交还姓氏成为海水、湖泊
和潮汐，与你我不再具备固定的距离。

傍晚的静止

有时，风几乎是透明的。
坠落中的松果，也有短暂的失神
走过的女孩，嘴唇上细小的皱纹。两侧
向外扩张的街道
浪花般拍打玻璃橱窗，却没有声音。

他，醒来，在灰色的海岸
等待身体沥干的时刻，木床、书桌
与窗帘依次显现，细小转动的齿轮。

高空中的月亮，海螺般
再次被吹响，而内部空荡的钢琴声
低低垂下，一丛幽暗的灌木。

来临的一刻

他预知雨季将要来临
但并不为此悲伤
窗外布谷鸟的叫声，收集微弱的光斑
像他细密的遗愿
有人踮起脚，小心把挂钟取下
但黑暗中的雨水
仍在不停落下来，过程缓慢地
如一个人的生命
却并不犹豫。
他看着它们消失在湖泊里、花丛中
与沉默的枝杈上
并不平静，也没有火花。

小分支

那时他几乎住在郊外，建筑稀疏，每一栋
都得不到彼此的应答。灯光携来夜晚的前调
早婚的悬铃木，向四处敞开，其中几枝
从可能性中披上一件，到他的屋子里做客。

你必须在散步中，耗尽这片区域的神秘。
一些星星的锐角，是故事的小分支
围绕着你公转。光聚拢于锐角的磁线
大半个夏天，都在沿着建筑的边缘倾泻。

人群格栅般从彼此的疏忽间观望着你。

分开那些人群，像分开回声样丛林
然后走进。不是结局，也不会是结点
身影内的孔雀束紧，成为烛光中被扑灭的海。

一直是睡眠中的月亮，在粗暴地破冰。而陨石
将沿着人群古老的注视，在某夜轨道式滑落。

每　天

雨水操纵人群，街道推开商店
占据绝大部分表情的水面很快就会醒来。
然后一些故事经过我并被遗忘，
像家具，被安置和运离房间的过程。

在那之前，我们沿着小路向山谷深处行进
它装饰的脚印，也曾有名字和性别。
临近深春，我已经快跟不上即将到来的
一天了，夜晚总是像大海般倾泻。

良辰中的星光，从不同人身上找到落点
也是秋蝇停在枯草尖，不再摇晃。
当弦月的上端触入虚空，下端
抵着眉梢，它接引的事物，使你数次醒来。

在湖水边缘

绕过塔楼，那以后的路途
再没有一个拐角。丛林
向着昏暗的一侧
迟缓地渗入。草尖上的微光
持续松弛下去
将成为那个人的眼神。

轻敲蜗形的化石，他侧出
灰沉的漩涡。枝条的欲坠上方
相互角力，形成夜晚的拱形。
积水一般游离着
三分二的月亮，还有雨后
木犀草难以被折跃的寂静。

水边树

到九月，院外星辰发生的速度
比里面更冷。塘水稀释的手，又像在延伸
波纹占有了一部分时间，湖岸是良宵和松动。
忽然消失的事情是入林鸟。光线、积水的声音
尾羽上深浅不一的睡眠，它们都在提醒我。

“把问题摆在那里，它就会自己风化了。”
但夜幕下，所有盲视的力都在抽条，繁殖
枝杈一直被界定修剪，但永远也不可能
吻合你我的面目。譬如前年田埂上发生的事
像塑料薄膜，顺着菜地一直延伸到脚边。

夏　末

月光内部浮动的船舱
从他身后的阴影中汲水，在整个夏天。
桌面被账单掩起一角，花的缓慢
因而消磨于更窄的辖域。

到处是翠绿的雨意，铜雀般
从枝头铺展，如同须鲸
温润地扫过云端的噪意。并非坚持
预装的夜晚触及危离的景物

声律灰色的弧形，
缠绕潮汐的壁垒。
而坡下有无人察觉的一天，炎热
会代替我们消解鹭鸶所有清脆的震颤

如同枝条从四处会聚而来，在积水上方
蔓延苍白的轮廓……你还没打算离开：
除非这场观赏会提前结束：江水衔接的缝隙显露
灰暗的河床，像人类那样裸露它的一部分。

密　林

从这里进入，灌木向四方伸展
修剪星辰的余声。场景跨过
重力的起伏，像花丛的反光
戒备着，永夜般充斥彼此的凹槽。

忽略到处的迹象，昆虫的音质
布满灰色裂隙，迎着下坡风
伸展脖颈，对抗林木蔓延的斜角。
如环顾家庭的展览，被取出截面

鸟群分配色彩，避免即将的丧失。
积水在视野中不断刷新，战栗着
等待雨水腾空地板，每个到来的脚印
都包含无法妥协的对抗，从上空

倾听彼此夜晚的泥泞。我们也曾
凝聚，而后属于树丛间逐渐消失的
动作。想到万物的不平均，催促着空气
穿过厅堂，铜铃般的迟疑，你水银的署名。

沙 心

雨水的离场花费三天，他用了半小时。
云层移动植物的感官，折纸般相互隐匿。
邻座读取空桌，絮语切割遭遇，到窗外
树枝耐心地热身，距离被电网擦亮。

手头还剩什么呢？青年后奇遇并日常，
共催往事间长夜。耳窝中滑落的预感
如昆虫消食着声音，抵着工作间日程
发出强力的邀请，夜空代替了他的脸。

喝酒，打牌。逝者的冷扶住眼中潮汐
或面临体内叛离的海岸，提醒自己
从一天的波光中起身，卸落满身倦鸟
羽翼温热，是山城环抱，发动车厢震颤

玻璃形成的过程，列车返回群居之地。
刹那的茫然，席卷靠岸后熄火的卵石。
无所谓必要性，松针尖端漫长的归途
车站外橘灯还原，将携他重返一夜。

近似风景的房间

水珠滑落下窗台，像有个人
坐着听了很久。盆景帘上液态的琐碎
他心中的潮汐。船只陌生的美德
嗅着波光处，月色中溢出的缓慢

昨日难否的弥散。
他耳边的瀑布
声音的翅翼收拢，一次扇动
就抖落满身清脆的暗。

有别于鲸影的暗涌
树木危离，扇出橘光
鸽群衔着松针，灰色的喙
如果掠过建筑的表层

会成为细雨膨开的裂隙
更多时候，蜡蝉的潮水
低沉下去，就等待它们醒来
蓬勃出满树昏暗的火星。

昨　天

他们在深夜听见河流上游的归来。
空气成为一种黏稠的釉色，辗转着它的
侧面。雨线在窗沿折叠的声响，像下方的鸟
湿透的羽翼被一根根收紧。孩子醒来

落地灯蔓延向他近乎液态的面孔。墙壁
亲密的距离，节约了环视的时长。
耳廓边松软的潮音，度量他精细的银阶
浸入顺从的涡转。他摸到松木的门

和转梯引发的起伏，花室中到处
是摇晃的低语，如同那时谷地绿色的回音
分娩林木的震颤，星辰的降落伞在过程中
变得密集。总有方法会获得今天的掌控权

像书写中笔尖稍蓄的势，而方形牛奶
正被母亲递来。他感到冷和暗，正在从嘴唇
被交换入盒中。也许他捧着的正是一台冰箱
盛满了水声经过玻璃后安静的面孔。

马琦作品
十四
FOURTEEN
65cm×80cm
布面丙烯
2019

跨界

Crossover

诗建设

高世名

中国美术学院院长，教授，博士生导师，浙江美术家协会主席，研究领域涵盖当代艺术、社会思想以及策展实践。策划“影像生存：第五届上海双年展”“与后殖民说再见：第三届广州三年展”“巡回排演：第八届上海双年展”“未来媒体／艺术宣言”“From／To：中国艺术教育的核心现场”等大型学术展览，出版《镜子与面具：关于现实与实在的视觉研究》《行动的书：关于策展写作》、“人间思想”辑刊（10辑）等学术书籍数十种。

感受力的贫困与解放的艺术①

高世名

艺术界的同仁们、各位朋友们，刚才这部影片是中国美术学院去年（2017年——编者注）12月在斯特拉斯堡举办的“未来媒体／艺术宣言”中“世纪”单元的背景影像。正是这次名为“世纪”的活动揭开了中国美院校庆90周年的序幕。

非常巧，那个活动的现场正好是1968年法国“五月风暴”的重要起点。我在这里播放这部影像，是希望为我们接下来关于艺术“当下”和“未来”的讨论召唤出历史的幽灵。因为我相信，未来的线索就存在于历史的丰富潜能之中，等待着我们去发掘，去实现。正如德勒兹所说：一座纪念碑无意于欢庆那些已经发生了的事件，而是要把由这些事件所形成的持续流传的感性知觉托付给未来的耳朵——那些不断重复的人之苦难，那些不断点燃的反抗，那些不断被记录的斗争。

今年距1968年整整五十周年。过去十个月里，全球范围内已经有许多场纪念活动。一次次学术会议和盛大派对中，无数当年的“革命者”们喝着红酒追忆往昔，怀念那纯洁、浪漫、叛逆而又理想主义的青春时光。

1968年前后，按照当代加州精神的重要诠释者曼纽尔·卡斯特尔（Manuel Castells）的说法，有三种历史进程同时发生：第一是信息技术革命，第二是资本主义与国家主义的经济危机及其随后发生的再结构，第三是

①2018年11月，由中国美术学院与美国旧金山美术学院联合举办的“From/To：中国艺术教育的核心现场”中国美院旧金山特展在旧金山举行，展览期间同时举办“感受力的贫困：廿一世纪艺术／教育圆桌论坛III”。本文为作者在论坛上的主旨发言。

文化上的社会运动。

今天，我们应该以怎样的姿态去面对五十年前那场改变了世界的技术、文化和社会运动？如何反思当年的两种革命欲望——以自由左翼为中心的文化／生活革命，以计算机为载体的数字科技革命？如何考量现在已然弥漫全球的以控制论、自由市场经济学和反文化自由主义为核心的后68’意识形态？

1968年之后的五十年，为人类史带来了太多的东西。后殖民、后冷战相互交织，帝国与帝国主义彼此交叠，乌托邦与反乌托邦、末世论与新纪元同时并存……这半个世纪，技术快速发展又迅速熵化，变革持续发生又反复幻灭，艺术过度生产却又精神贫困，人类连通了整个星球却陷入宇宙式的迷茫……

人类史、自然史以及人与这个星球的关系都发生了翻天覆地的变化，人类已释放出了它的所有症候——在这个不断自我生产的废墟中，人不断技术化，人持续自我改造为非人。人抛弃了物，资本抛弃了人。

一

2001年12月，哲学家奈格里（Antonio Negri）在给法国女作家玛丽·莱萨娜（Marie Magdeleine Lessana）的信中写道：“从威尼斯双年展的展场中茫然地走出来，我‘对这样一种形式之革新的空虚感到震惊，一种富有表现力的文化的终结感油然而生’。”他说：“不仅上帝死了，就连他尸体的阴影也投到了我们的生命和我们的表达之上。”于是，他断定“我们正处在一场深刻的危机之中，而艺术生产，正在空无中打转”。

这种危机，正如奈格里所感受到的，不但是艺术的危机，更是人的危机。而对于艺术教育者，这种危机的根本，首先在于感受力的贫困。

最近这三年来，法国哲学家贝尔纳·斯蒂格勒在中国美院开设了一门新课程，他讲的主要内容是对“自动化社会”以及由此导致的“社会熵化”和“感性贫困”的反思。在他的名著《象征的苦难》中，斯蒂格勒写道：

> 感受首先是与技术（tekhne）相关的，它是艺术的对象——正是出于这个原因，拉丁语ars也意味着技术。这种作为感知之本原的技术，意味着感性灵魂的感知（sensation）成为智性灵魂的认知（perception），并打开感知的社会循环。

而现代文化工业的发展，通过疏导装置和知觉复制，导致了消费者的感性的贫困和无产阶级化，大众被变成普遍的文化消费者——有时甚至被转变成汉娜·阿伦特所说的“有教养的势利者”。他说：“算法所支持的自动化，会造成生产收入再分配这一凯恩斯模式的消失，这一模式迄今为止，一直是使那个宏观经济系统得以收支平衡的基础。”更关键的是——大数据、人工智能这些新技术，正在将全球化的生产与消费“引向对所有知识的毁灭”。斯蒂格勒所说的知识，包含着非常丰富的内涵，不仅是指生活知识、动手制作的知识和制造概念的知识，而且还包括如何活着的知识（savoir vivre）和如何思考的知识（这是康德意义上的关怀）。

在最近一次讲座中，斯蒂格勒进一步谈道：

> 社交网络利用大数据和深度学习把持留当作数据来挖掘，同时又靠算法生产出自动化的、人为的前摄，也就是模态化行为。这种模态化行为毁灭了心理与集体个体化（psychic and collective individuation）的过程，而这个过程正是西蒙东对社会的定义。

由此，“社交网络成为一种反社会的技术，正在使人的社会化生存产生新的危机”。或许，这正是阿多诺和霍克海姆所说的那种“新型野蛮”。

许多朋友认为，大数据、人工智能技术会形成更完备的生命轨迹、公共价值和信用体系，正如不断有人宣称区块链会带来公民自治、政府自律，会形成去中心化的社会治理结构以及真正的民主。对此我不太乐观，因为就掌控新技术而言，各国政府和跨国公司一定会比人民出手更快。

今天，我们在旧金山反思这些问题显得格外紧迫，也格外恰切。因为正是以硅谷为核心的加州，启动了这一轮影响人类进程的技术与社会变革。近二十年来，在日常生活的层面上，技术在明显加速，我们每个人都能够感觉到各种技术对生活的“重置”。人们似乎是被不断地重新置入程序，就像我们每隔一段时间就被迫调换手机。技术的发展在引诱着也是胁迫着我们紧紧跟随，不断跟它一起更新换代——引诱是因为花样翻新、追求时尚，而胁迫是因为整个服务系统在升级，人们没有选择，只能跟着更新，否则等待你的是脱离网络、与世隔绝，更有甚者，是一种“社会性死亡”。这种加速度，这种实时性，这种迅即的自动化/现成性，取消了我们自主的学习与生产。我们从来不是自然人，我们是技术化的人、人工化的人，是human being加上artificial being。那么，作为技术化的感官集成的存在，我们如何制作，如何创造？问题不在于条件怎样提升，资源如何增长，而在于我们是否还能葆有我们的主体性，我们是不是还有那种制作的、创造的、斗争的欲望。是的，欲望和意愿，这或许是我们与人工智能的最大差异。人工智能可以“写诗”，可以在棋盘上战胜人类，但是它必须接受指令才会写诗和下棋，它并不具备写诗和下棋的原初欲望和意愿。19世纪以来的机器人幻想让我们时常忘记——AI或者Robot是艺术作品而非艺术家。

在大数据、人工智能最切近的应用场景中，亚马逊、淘宝、京东设置了众多的推荐和方便，这些“方便”不但是引导消费的诱饵，更是对我们自身性的诱导和窄化。在大数据、人工智能的合作中，我们的偏好被强化，我们的欲望被放大。新技术对我们的阅读是一个超级踪迹学建构，据说阿里巴巴对每一个淘宝用户的定义，可以拓展到几千个标签。这意味着，它比你自己更了解你的欲望、你的需求、你的目的、你的冲动。然而，这只是你的数码存在，这不过是由概率算法导出的一种“显示性偏好”。

同样，通过脸书、推特和微信，你总是会看到你想要看到的。社交网络营造出一个让我们每个人都感到舒适的“共识性”环境，一个自我映射、自我生产的小世界，这个小世界，已经具有了Matrix的基本雏形。我们在自媒体的自我数据化中“被个性化”，在“朋友圈”与“众筹经济”的网络互动中“去社会化”，在越来越自动、便利的服务系统中沦落入“功能性愚蠢”，陷入自动化的麻木，陷入网络的隔绝与忧郁……

大数据和人工智能对人群做了无穷细分和精准定位，但是在深层意义上，人的社会性以及社会能力（sociability）却被极大地削弱了。由网络所动员起的亿万网民的全球链接，只是制造出了一个“被冻结的公共领域”，在这里时刻喧嚣着的，是数以亿计的“无用的多数”。这是比民粹主义更加困难的问题，这是当前新政治需要面对的根本问题，也是当前艺术与思想的首要问题。

伴随着社交媒体出现的，是一种更加琐碎化的感知、更加景观化的生存。技术、资本和那些构造出“单一普遍性”（singular universality）的企业及其金融王国，通过我们每时每刻不可或缺的手机，以及谷歌、百度、GPS、Facebook、Titter、淘宝和滴滴……将我们的日常生活变成了数据流和直播秀，技术——信息——资本——权力的网络建立起一种总体性全球治理。这个不断升级的全球治理装置没有外部，它消融入我们身处其中并且乐在其中的日常生活。甚至可以说，它就是我们的生活世界。

这是一种更深入、更全面的生命治理，这就是我们的digital being。这是新的Matrix帝国体制，这个新帝国所代表的不只是意识形态——治理技术、而且还是生活方式——知识方式；从软体到硬体，从编码（coding）到治理

(governing)，它渗透入社会肌体和生命政治，塑造着人们的行为习惯和梦想方式、欲望建制和情感结构。

二

2012年，在中国美院主办的一次亚洲思想界论坛上，时任联合国粮油署总干事的经济学家周莫·夸梅·桑达拉姆（Jomo Kwame Sundaram）做了一场重要讲演，标题为——“帝国主义存活无恙，但依然在进化中”。我很认同这个标题所传达的信息。这几年，我越来越清晰地意识到，经过漫长的20世纪的演进，资本主义已历经几次迭代，呈现出新的升级版本和运作形态，简单地说就是——从剥削发展到剥夺，从压迫变成替换，从占有转为支配。

首先，资本经由生产关系对人之劳动价值的“剥削”，已经转化为生命政治层面上对人之能动性的“剥夺”。在当代人身上，内在的能动性——一切自我创生、自我更新、自我想象的能量正在逐渐地被剥离开来。社交网络、实时定位、大数据算法和机器学习这些新技术，再加上跨国资本，构造起一种隐蔽于日常生活的占有和支配。在这种情况下，所谓“解放”不再是从禁锢与宰制中挣脱出来，也不再是惯常的反压迫和反控制。因为今天我们已经无法想象一个自由的外部，身处Matrix之中，我们再也找不到明确的敌人。这是一个新的帝国，它不但同时是左、中、右，而且同时是内与外。在这种状况下，反对帝国就是一场反对我们自身的战斗，我们必须与自己的情感与欲望机制做斗争。

控制变得更加精准更加隐秘，新型的数码帝国主义不再需要占有，它只需要支配。当代生命政治的根本问题不再是压迫，而是置换。从压迫到置换，就是用假肢置换并废除你的器官——不是我们有所缺失才做了假肢，相反正是这预先生产的假肢把我们变成残废。我强烈地感觉到，不但社交网络、实时定位、人工智能这些新技术是我们的假肢，就连所谓当代艺术、创意产业、各种学科化知识甚至大学建制本身，都是我们当代人政治、伦理、情感与智性的假肢。

在今天，资本主义的意识形态变成了文化工业，统治和压迫的机器隐形了，我们再也找不到明确的敌人。在这新统治中，充斥着消费主义政治的替换逻辑：你要社会革命，就给你社会运动；你要社会主义，就给你新左派；你要的生活发展的自由，被替换为自由市场的自由；你要媒体自由，却得到自媒体；你召唤民众团结，获得的只是社交媒体的朋友圈；你本应是文化的生产者，却很自然地变成消费者；你想做个战士，却只是成为演员……

那么，艺术如何克服这一新统治的剥夺和置换？这关乎人的保存与人的发展——我以为这正是当前艺术的根本责任。

康德说："人，能够把那些知识和技巧用于其上的最重要对象就是人，因为人是他自己的最终目的。"在他的后期哲学中，康德试图以一种"实用人类学"来统摄三大批判——在回答了"我能知道什么""我应当做什么"和"我可以期待什么"之后，以更加整全的视野进一步回答"人是什么"这一根本问题。

我们看到，技术的快速迭代与社会发展之间存在着巨大的落差，而人的发展更是瞠乎其后。40多年前，福柯宣称"必须保卫社会"，今天，为了人的保存与人的发展，更加迫切的是回到康德的思考之中——必须重新发明一种人学。

过去三十年间，科技的主要成就是研制出无数种"数码物件"，在此，我呼吁在数码物件（digital object）的研发之外，还要推动一种更根本的数码主体（digital subject）的探索，这将是一种新的人学（humanities）。

对于这种新的"人学"，最大的挑战莫过于人工智能。最近这几年，人工智能几乎成为艺术、设计和教育领域最火热的话题。其实，与互联网猝不及防的大爆发不同，我们对人工智能已经有了几乎一个半世纪的思考。19世纪以来，人工智能就是科幻小说和各类预言最为钟爱的主题，以至于它占据着我们关于未来的主要想象空间。它窄化了我们对于未来的想象，似乎人类未来的主要内容就是与机器的斗争，如同电影《骇客帝国》中所呈现的。然而，在这类影片中，人与机器的斗争掩盖了一个根本事实——即使在未来，决定人类命运的依然是人与人之间的斗争——如果那时我们还可以被称为"人"的话。因为通过新技术，极少数人将把绝大多数人类变为无用之物，变成那个作为日常生活的Matrix的消费者，变成一个虚拟世界的永远的沉浸者，同时也变成现实荒原中的赤裸生命、肉身电池。

未来人类的根本困境是身心的分离，这是人机合体的副作用。在未来或许只有那个Matrix的操控者、那"终极的主人"才能做到身心合一，其他的人类，心在Matrix，身在"现实的荒漠"。

这将是一种技术控制下的新"冻结状态"。身心分离状态下人的主体性丧失，或者说，人之为主体的自由意志与行动力被从现实转移、置换到了虚拟现实。那才是真正意义上的历史终结、人的终结。打破这一"冻结状态"，将是极少数人VS几乎全体人类的斗争，是人机合体的终极消费者对抗同样人机合体的终极控制者的斗争，是两种"非人"之间的斗争。

朋友们，这无疑是一个黑暗的未来，如何避免它的发生？如何才能寻找到反向的动力，在自然的技术化与技术的自然化、人的技术化与技术的人化之外找到并且作为“辩证的另一极”？这是未来艺术的根本任务。

三

五十年前，在1968年的终结，人类终于第一次登陆月球，同时，也是第一次从太空中回望自己的星球。在宇宙盛大的寂寞和宁静中，宇航员迈克尔·柯林斯真切地感受到：至关重要的国家的边界不见了，喧嚣的争执停止了。这颗微小的星球在转动，安详而宁静，不必在意任何细节……地球就是这样，蓝白相间，没有穷困和富裕的区隔；蓝白相间，没有资本主义和社会主义的分野；蓝白相间，没有嫉妒者和被嫉妒者的差别。

这样一种巨大时空中的遥望和感触，是对人类经验的超越与重塑。艺术所能够给予我们的最珍贵的东西，也就是这种超越性的视角与想象。然而，五十年后的今天，正如中国科幻作家刘慈欣两周前在克拉克想象力服务社会奖（Clarke Award for Imagination in Service to Society）的获奖演说中所指出的：

> 信息技术以超乎想象的速度发展，网络覆盖了整个世界。在IT所营造的越来越舒适的安乐窝中，人们对太空渐渐失去了兴趣。相对于充满艰险的真实的太空探索，他们更愿意在VR中体验虚拟的太空。这像有一句话说的：“说好的星辰大海，你却只给了我Facebook。”
>
> 这样的现实也反映在科幻小说中，克拉克对太空的瑰丽想象已经渐渐远去，人们的目光从星空收回。现在的科幻小说，更多地想象人类在网络乌托邦或反乌托邦中的生活，更多地关注现实中所遇到的各种问题，科幻的想象力由克拉克的广阔和深远，变成赛博朋克的狭窄和内向。

最近，我常常想起一百年前那些被称作“现代主义者”的人们——查拉、卡夫卡、乔伊斯、庞德、杜尚、艾略特、格列皮乌斯和中国的鲁迅，想起马列维奇、马雅可夫斯基、李西斯基、爱森斯坦、塔特林以及巴赫金意义上的“激进的形式主义者们”，他们似乎还拥有克拉克般的想象力的广阔和深远，还拥有刘慈欣所说的向着未知和未来无穷探索的激情。一百年前的那场政治/美学革命，带着重塑艺术自身的力量、重新发明世界观的雄心，试图建构一个全新的世界，这种激进的形式主义不只创造了建构性的艺术，而且企图发动一场感性结构的革命，重组我们的欲望机制甚至社会形式。

同样是在一百年前，那一代艺术家、建筑师、哲学家们在不同社会基体和历史愿景中建立了包豪斯与呼捷玛斯（Вхутемас），开启了现代艺术／设计学院模式的“双生花”。此后的一百年中，我们目睹了艺术学院的一次次危机与嬗变。在后工业和信息资本主义的今天，我们即将迎来包豪斯／呼捷玛斯的百年纪念。一百年后，这个新世纪正在迅疾的技术迭代与熵化中自我奠基，我们将以怎样的方式重新出发？

“一个哲学家对自己最初和最终的要求是什么？”在《瓦格纳事件》中尼采说，是“在自己身上克服他的时代，做到不受时代的限制。他凭借什么来征服这个最大的难题呢？凭借他身上让他成为时代产儿的东西”。

作为一名策展人和艺术教育者，我认为艺术的价值有二：重新发明日常，以及超越经验的想象。然而它的最高目标则是以心灵的创造向时代提案，继而催生一种社会进程。在这个层面上，艺术是一种心灵的社会运动，一种有深度的精神生产，一种推动社会更新的行动。

然而海德格尔提醒我们：“对于行动的本质，我们还远远没有充分明确地加以深思。”在海德格尔看来，行动的本质乃在于完成（Vollbringen），而完成意味着：把某种东西展开到它本质的丰富性中，即生产出来。在这里，行动就是生产和再生产的合一，既是物的生产，又是主体性的生产和生命的发明，通达于古老的poiēsis（意为生产——编者注）。作为生产的行动，也是重新生产社会、让社会展开的努力，也就是让被固化锁定在各自社会阶层、各个历史阶段、各种关系单元中的消费主义个体，重新焕发出生产的潜能，催生出改变的愿望，从中产生出一种重新去想象自我、想象未来、发动社会的可能，一种自我更新和自我解放的力量。

是的，我们无一例外，都是些被生产和消费掏空耗尽的，被琐碎的日常生活磨平、击败了的个人。为了“生活”（Vita Activa），我们就必须创造历史，写作诗歌。要成为个人，就必须先成为艺术家。我们必须对自己的感情与智性重新编码，发掘出感受——理解——团结——行动的能量，创建出新的主体性，继而重新找回改变的激情、创造历史的欲望。这激情促使我们从无数个体的自由实践中，凝聚出一种公的创造力。这欲望促使我们去尝试着发明一种新的生命政治、一种新的行动哲学、一种新的历史技术。

通过这种历史技术，我们把可能性还给历史，并就此发展出一种“解放的史学”。这同时也将是一种“解放的艺术”，在这条道路上，杜尚曾试图将作品解放为所有的物（一切都是艺术品），博伊斯试图解放所有的人（人人都是艺术家）。

朋友们，在感受力贫困的时代，我们需要解放的艺术。这解放的艺术，它试图为平等画出最新的光谱，为自由写出最新的旋律。这解放的历史，准备着去超越僵化的政治，创造出更丰富、更开放的未来。

最后，请允许我用两句引言结束我的讲演。在《查拉斯图特拉如是说》中，尼采如是说：

> 我爱那人,他的灵魂过于满溢而至于忘我，
> 万物都在他的心中,所以万物都成为他的没落。

第二句是米歇尔·福柯说的：

> 我愿我的作品成为像手术刀、燃烧瓶或地下通道一类的东西,我愿它们被用过之后像爆竹一样化为灰烬。

2018.11.16 旧金山

马琦

艺术家，教师，工作于浙江外国语学院艺术学院。1994年毕业于中国美术学院油画系，2005年获中国美术学院油画硕士学位。1994—1999 工作于江南大学设计学院；1999年起工作于浙江外国语学院艺术学院，任副教授；2012—2013，为中国美院访问学者；2016年，为荷兰ArtEZ艺术大学AKI学院访问学者；2017年，为荷兰海牙皇家艺术学院访问学者。

为什么是纹样？

马琦

近些年来，我的兴趣主要集中在探索生活经验与艺术经验之间的关系上。生活中无处不在的纹样，正是生活经验与艺术经验之间的交会点。透过这个交叉的裂隙，我开始用别样的视线窥视世界的开始，并试图召集文化与历史的别样叙事。

纹样自诞生之日起就饱含着大量信息。它是最初的原始心智本能地与超自然能力联系在一起而创设的不同寻常的标记。世界上不同地区的人们都藉由纹样传译着人类最早的关于宇宙的思考。历史长河中，纹样不断变化并承载着同样多变的涵义。它不仅表达心灵诉求，它也体现政治立场和宗教隐喻。无论哪个宗教，在某一时期都曾肃清过其象征纹样中的异教因素，无论哪个组织，也都曾诉诸图形的视觉力量。某些特定的时刻，纹样凝聚成令人心痛的历史记忆，另一些时候则成为国家或政权持久的象征。纹样创造出与这个世界毫无共同之处的形式，然而它灌输给大众观察身处的世界和理解隐藏其后的精神实质的方式，把不可见变为可见。因此纹样承载着历史文化的多面性，梳理纹样图形就意味着找寻历史、艺术史、人类学、文化变迁等的相互关联。每一种稳固下来的纹样都处在时间与空间、记忆与历史、风格与发源地、本土文化与全球化，手工艺传统与科技等组成的交织坐标的不同维度上。而艺术家则需要像间谍，不时重置视角与身份，进入另外一个维度审视世界，观看、阐释与破译在隐逸与含蓄中藏匿的万物。

不过纹样的涵义在历史中时常改变、消散，而它的形式则要稳定得多。

马琦作品
行星
PLANETS
140cm×100cm
画布丙烯
2018

马琦作品
不规则的椭圆 NO.3
IRREGULAR ELLIPSE NO.3
100cm×80cm
布面综合
2019

许多亘古的花纹仍然以不为人知的方式大量出现在我们的日常。我曾有过一条尼泊尔出产的棉布裤子，其上印有简单的三叶草。这个纹样最早出现在印度河谷出土的皂石雕像上（公元前3300年—公元前1300年），很可能在印度文明辐射的地方流传了5000年，已经涤荡干净它原先可能具有的巫术气质，然而为着漫长的历史的加持，它仍然散发出谜一般的讯息。在时间的无尽中，这个微小的花纹蜕变成一首宏大的歌，仿佛由许许多多前赴后继的个体谱写，并组成世界的总和。在我看来，探索纹样，从这个意义上来说，就是与人类历史的对话。

我的实践，具体来说，就是和已有的人造形状进行对话，系统而冷静地使作品首先成为一种调查。我们最为熟悉的纹样也都暗示着图像与历史发生的联系，虽然这背后的故事可能无人知晓。纹样承载着意义，然而吊诡的是它同时也是一个意义不断被解构的过程，涵义不仅在历史中改变或消失殆尽，也被纹样自身的构造和形式所消解。无论纹样带着怎样迷人的秩序感和节奏感，放射出怎样撩拨感官享受的愉悦，它几乎都可以被拆分成许多重复的独立单元，大体呈现为单个细胞组织和大规模结构之间的关系。这一点仿佛社会隐喻，每个单元都经验完全的控制与服从，每个个体又各自隔绝与自制。这种结构的无限重复、无始无终，似乎暗示着对时间的恐惧，冻结为一种无法被体验的经验，在时间的无边际中无限接近世界的原点。这是深远而有趣的矛盾，纹样的连绵形象在不能被体验中再度溶解为图形本身。

这种矛盾的张力深深地吸引着我。纹样承载意义，又消解意义；它传递日常生活的普遍美学，同时也表现为一种深刻的怀疑主义。它可以被视作一种政治或社会组织结构的隐喻，却又有着几乎全然无用的性质。

为了捕捉这种张力，在画面上我采用历史上曾出现过的形状或者纹样。在处理这些人造形状的过程中，涵义不断地从背景中脱离出来，又消失成背景，而画面也因此不断处于意义与无意义的张力之下，它们是去除了可辨认物之后，探索与秩序有关的空间所生成的个人视角。相对于静态的沉着，我更喜爱由行动、冲突与冲决的畅快所激发的现实感与真切感，画面上单元结构间的聚合与分离呈现了介于有序与无序之间的第二种张力。拥抱偶然和看似微不足道的不确定性，利用同类元素的并置与叠加；经由重复、排列、抽减、打乱、穿插、裁剪；连同线条、色彩的不同质地一起，不仅探寻有序无序间微妙的平衡，同时也提醒着我那些同质性的精神实践。事物在理解中生成，观念是穿越之船，看似直觉与瞬间的想法，在不可知中感知，在不确定里衡定，在微观中体味，在在与不在中游移。而绘画则最终成为逐渐冷却下来的情感的物质呈现。

正是这样一个复杂的数字技术的时代，提供了画面上的第三重张力：工业制造与手工绘画之间的张力。画面上的空间本应包含更多的物质，各种物质在空间中发生奇妙的关联，成为相互对话的媒介。我原本并不想“作画”，因此借助外在的力即不同的材料来改变自己的惯性。除了传统的画材，手工纸、织物还有工业泡沫都加入了进来。尤其是这种作为产品包装用的泡沫，根据需要被切割成相应的形状，它们取代了过去精心设计的装饰纹样，形成以机器生产的高效与强势侵入我们的日常生活的新景观。利用废弃的泡沫材料和它已有的形状，可以干扰妨碍我继续在长期实践中形成的作画习惯，随时准备抛弃意图与偏见，保持打开与开放，收听突如其来且不知来自何方的声音。

这同时也是一个思维快速反应的过程。大脑像验钞机，瞬间翻检过无数图像；同时也是一台碎纸机，只接收到零星的碎片和涵义。于是在这些碎片间展开纠缠、扩展、重构世界的一系列实验。对我来说，它们既不是抽象，也不是装饰，只是我与物形的对话，与人类历史活动中的人造形状展开的对话，为的是倾听那来自文明源头但尚未被说出的声音。

在这里，视觉建构打开了另一种体验。现实世界中，意义的清晰往往遥不可及，甚至我们与自身都只能维持模棱两可的联系。消除表现与个性，不受喜好左右的不确定的视觉经验，其本质虽然也是来源于非常个人化的经验，它依然和社会总体状况保持着必然的联系。记得塔皮埃斯说过：“经过多年的努力，终于找到了与社会真正的对话。”而这也是我为之奋斗的方向。

笔记

Notes

诗建设

燕王随想录（节选）

李森

5 一扇门

一扇门在语言中无法打开。

8 衰老的

衰老的诗意堆积如山，它们就是恶。

13 美是

美是直观开显的，无挂无碍，与逻辑表达式无关。
美是盗火的普罗米修斯，惨遭恶鹰啄食。
谁都灭不掉那只恶鹰。

27 捆绑术士

语言像生长着的藤蔓一样缠绕，捆绑着等待捆绑的人心。不过，多数人心需要被捆绑，等待被捆绑。对于他们而言，只有被捆绑的心才是欢乐的。被语言藤蔓捆绑，是一个人融入一个群体的标志。文学的捆绑术，练就了许多术士。

32 形状

一颗炽热的心，形状像个圆柱形的垃圾焚烧炉，通体发热。

34 绝望

停在荒漠上的一个白石头像一个线团，如果它能抽出一根线来，我要牵这根线跑过这座荒漠。

35 喂养

生命靠一堆弄脏了的言语喂养着，无比幸福。

36 鹦鹉

你好鹦鹉，脚上的链子，碟中的食物，主人的欢心，这些是标配。

37 悲剧意识

喜剧的表演落幕之后，留下空空的板凳、熄灭的灯盏、蒙面的琴键、滴水的屋檐。

42 乞讨

一个艺术概念牵着另一个艺术概念行走，仿佛两个盲人，在集市乞讨。

47 生活

真实的生活是无语的。反复歌唱，即反复掩盖。

52 膨胀

一条修长的毒蛇，在吞下了一个老鼠后，膨胀起来。

53 又绝望

又绝望，仿佛一根巨大的火柴头，关在火柴盒里，它永远比那个火柴盒小。

54 画月牙

两条弧线，在一张白纸上交叉，画出一个月牙；而另一个月牙，从门缝中挤了进来；还有一个月牙困在井中；无穷无尽的月牙白了，撑开弧线。

55 飞着的点

叫天子从草坪上起飞，模仿一个点向天空投掷。对于看客来说，这个灰点是无意义的，一个小小的生命就这样自己投掷出去了。

56 编织体系

一堆语词在编织一个话语体系，好比一群小鱼，一条又一条，被一根草串着，从鳃穿进去，从嘴里抽出来。与此同时，另一堆语词也在编织另一个话语体系，无数堆词语在编织话语体系，一群群小鱼不得不串着一根根草度脱生死。

58 灰烬在寻找火

灰烬在寻找火；而火在奔向灰烬的途中。它们在黄昏的天边相遇。它们是霓裳，是红影，也是火焰。

59 猴子们

猴子在树上爬。树下的人看着它们，红色的臀部，满树的烂柿子。

60 太阳出

太阳出，银杏树的高枝，好寂寞。

61 猴子们

猴子在林子里跳来跳去，它们不需要明白为什么跳来跳去。

62 不说话

不说话，怕弄脏了语言。

67 行走的树

一棵树在地上行走，叶子是它的辞藻，枝蔓是它的句子。现在，它停在山里落叶。

68 农人

农人在火塘边烤茶，一个土罐、一瓢水、一堆柴火，还有梁上的片片青瓦、两只燕子。

69 失而复得

在一瞬间，所有词丢失。在一个山谷里，我找到了它们，有的在树上，有的在河里，有的埋在土地，有的盖在屋顶，有的走远了。

72 仰望

我仰望着他，仰望着迷离晨星，上面没有回音。

73 独来独往

苍蝇独来独往地飞着，蜜蜂也是。

76 窗台

一只空罐子爬上窗台，去就一枝花。

79 囚禁

万物的声音和形象囚禁在语言里，万物在自然中蹉跎，不管这些。

80 天空

昨日那朵云下雨的天空，今日真的空了。

81空谷里

空谷里，一涧泉水汩汩流淌，就这么流着。

82 谁的

谁的青山，寂静的白练牵引着白石为伴；谁的高天，漂浮的白石无声膨胀如棉。

86 刀与猪

有一把刀正在与磨石磨砺，它迟早要解决那头猪。也许那把刀与那头猪彼此见过，但尚未发生任何联系，因为还没有到那个养猪人欢欣的时刻。可能吧，那把刀有闪光的疼痛，那头猪有满足的空虚；现在，刀和猪彼此超度的时刻就要到来了。那头猪永远不知道，刀很惬意，也很无辜。

87 两条尾巴

起初，一条猪尾巴与一条蛇尾巴比赛灵活，最后把猪头和蛇头牵扯进来。现在，猪头和蛇头开始对视，比赛幽默。不分胜负，都很幽默。

99 插下来

好锋利的一束阳光，从天窗插下来，朵朵阴影沿着光柱攀登，一直攀登。

103 寄存

屋宇岌岌可危，屋檐下的瓦缝里，寄存着几只鸟蛋。

106 光照之下

光芒照耀，洞口的灰鼠，毛发亮如箴言，尾巴像狱卒的小鞭子富有弹力。

108 啃讲台

屋顶的光，照着一只老鼠在啃讲台，仿佛光也在啃讲台。

109 荒野上

荒野上，一块巨石立在流云下，安然不动。

110 老鼠在

老鼠在谷仓里啃出了一组优美的旋律。

111 一个光点

中午，一个光点慢慢移动，去高高的窗口闪烁。下晚，它渡过一片海湾，到达一个灯塔的顶端，然后被夜幕卷走。

112 渡河

一个人在渡一条河，河面不断加宽，因此他永远在渡河。这个人是谁？

114 白鼠们

白鼠们悄悄从洞里出来，面面相觑，黑夜这个洞太大了。

115 胖鼠

胖鼠们都非常难受，要是继续胖下去，就成人样了。

116 蒲团

“大地”“时间”“过去”“现在”“未来”这些词藻，好比远方寺庙里的蒲团。

117 砧板与光刀

山里的湖面像块巨大的砧板，几条鱼在上面跳来跳去。闪烁的光刀一直在剁这块砧板。大鱼和小鱼，都热爱这块砧板。它们永远不会跳出这块砧板的边界。天光的刀口不停地在玩刮鱼鳞的游戏，而这块漂移的砧板之外，青壁的云团堆积如山。

118 饥饿的窗

所有房屋，窗子都饥饿难耐，它们使我慌张。我听见那些窗子的呐喊之声。不过，也有一些窗户在清晨热气蒸腾，传出灵魂活动的迹象。所有窗户都岌岌可危，仿佛马上就要坠落。

120 声音

有一座山的声音，在到达耳朵前，耗尽了自身。

121 天宇

天宇广袤的蔚蓝，我播撒在其中。

124 他是谁

每一个时刻，他都处于语言表达而无从表达的中心，荒芜之风都从他那里吹起来，向四面八方吹开。他是谁？我愿意对他久久凝视而不发一言；他是谁，我愿意为他立言于世。

125 自由自在

自由自在，就是什么也没有发生，不开花也不结果。

126 逻辑筛子

紧密的逻辑蛛网，编织如筛子。人人都在筛着这把遮天的筛子。这逆天的筛子，筛出死魂灵的灰土，筛出人心的排泄物。

127 他的心

他的心，覆盖在逻辑荒漠下面，永远不得翻身。

128 大海

所谓大海的辽阔，无非是倾撒语言灰烬之地。

129 蔚蓝

蔚蓝的天庭，里外草木不生。

131 光抬着

光抬着一座教学楼往前走，每只椅子上，都堆满阴影。

133 模仿

一条路模仿一条河，蜿蜒而来，蜿蜒而去，但不汹涌。

136 道长言

辽宁本溪铁刹山道院祝真玄道长对我说："比如武术，什么是套路？就是开头有一个起招，结尾有一个收式，中间莫停。"人一生中处心积虑经营的事情，莫不如是。

139 山洞

在同一个山洞中，老鼠认为，世界上会飞翔的最伟大的动物是蝙蝠；蝙蝠认为，世界上会打洞的最伟大的动物是老鼠。一个和谐之洞。

142 礁石

大江中的一座礁石，独享永恒的浪花之环。

143 孤独

孤独与花，只能看见花。

144 边界

孤独的边界，仿佛一块石头的边界。

146 想象

想象一座花园，满树鲜花，不结果实。

147 笼中鸟

笼中鸟只有在歌唱时才能忘记鸟笼。

152 虚拟的中心

一头狮子正在从一个巨大的阴影里撤退，所有的动物都看着它的臀部。这是一头伟大的狮子。它要撤退到哪里去呢？仿佛撤退是为了逃离那个被小动物们虚拟的中心，它被置于那里吼叫，已经耗尽了自身的能量。可是，一头狮子无论撤退到哪里，都处于一个被虚拟的中心。狮子只有被不停地虚拟，它才是狮子，才压得住一座荒原。

153 树立形象

活着的灵魂，既是实在的，又是虚拟的。在生命中，虚拟的灵魂更有力量。每个人都背负着一个虚拟的灵魂行走，有人想将所有虚拟的灵魂统一起来，制造一个总灵魂，比如柏拉图，他说有个巨大的理念，但他找不到理念在哪里，便将“太阳”作为比喻，树立一个巨大的可视形象让人仰望，且自己说服自己。他是当真的。他一当真，世人都当真了。

154 慈悲

将恨从心中撤出，让生命之爱涌入，蕴成菩萨心，爱是慈悲；将爱与恨从心中撤出，让光—明涌入，蕴成佛心，光—明是慈悲。

155 恨

巨大的恨像一个黑色的月亮，停在道路的中间。

157 两只

一只苍蝇和一只蜜蜂，同时在一朵黄玫瑰上相遇，各爬各的。

158 太阳光

太阳光覆盖荒野，让一团团翻滚的影子通行。

162 惬意与幽默

所有圣哲都被他们的追随者和教义所利用。为了被利用，圣哲们奋斗不已；他们享受那种被利用的惬意和幽默，但从不溢于言表。

164 篝火

一堆篝火在夜空漂泊。

猩猩深邃的眼睛里，燃着一堆篝火。

没有人能找到那堆篝火和那只猩猩。
这件事从来没有发生过。

166 语言

语言被人利用，而后抛弃了人。这不露声色的杀手，要是会杀猪，多好。

167 腌臜

人们在吞噬语言，舌尖上的腌臜是刮不干净的。

168 妖魔

语言妖魔，随时都在梳妆打扮。它的目的是什么呢？它根本没有目的。这正是它的恐惧之处。

170 活着

活着是难的，而更难的是思考活着的意义。人一思考，就被“意义”的圈套套住。可思考活着的诸多意义，并不是最难的，最难的是用“一个活着的意义”必须对自我进行塑造。反复塑造，反复失败，但塑造总是朝着成功的方向推进，到那时，人快活地成为非人，成为一个单细胞的奇怪生物。

171 北斗七星

此刻，我朝着北斗七星的方向仰望。我看不见这个银勺。但在我的心中，一个弯弯的豆荚悄然炸开，里面有七枚红豆。

172 光与野马

可能有一束光尚未被污染，尚未穿透云层照到大地，有一匹野马等待着与它在大地上相遇。但这不是人世间的事情，我们这里，永远不会传来那束光和那匹野马的消息。

173 光阴

每一个果子里都有一盅光阴的圣水，它慢慢地溢出，将果子染成各种色彩，让果子饱满、响亮、鲜艳欲滴。我要接住那枚果子，慢慢地吸吮。

176 一朵花

一朵花在树梢蕴成一个果子，果子从树梢落下，蕴成一抔泥土。这个过程中，爱和恨、真和善、丑和美从来没有渗透进去。

183 缪斯女生

我想，缪斯女生的那张脸应该在门口出现了。问题是，我还得先造一扇门。

187 雪落

雪落山谷。一只鸟在歌唱，几根翠竹在河边为它合奏。几片竹叶落下。

189 傍晚时分

傍晚时分，天空撒下光芒的灰土。

一座森林开始移动，跟着一团燃烧的夕阳翻山越岭。

我和我的鸟群都在这座森林里。

191 大蝎子与小猩猩

很久很久以前，一只巨大的蝎子和一头小小的猩猩相遇。它们分别是后来的蝎子和人的始祖。它们俩的那次相遇需要作出一个选择：神有两种饱含毒素的配置，需要它们各选一种——毒针和语言。结果，大蝎子选了毒针，安装在尾巴尖，可摇摆；小猩猩则选了语言，决定用嘴巴来发声，以灵活的舌头为秘钥。

194 沙漠上的脚印

沙漠。流沙在流淌，但总是有一串脚印从未被抹去。这是谁的脚印？有人渴望见到那个人，他是谁？他一定住在海市蜃楼。

195 自己玩耍

一只蝎子自己玩耍。它的两个螯碰撞时彼此非常谦让，充满欢乐。蝎子，它那种惬意的幸福感，使整个身子明亮起来，看似一盏奇怪的灯。

196 此鸡

此火鸡高举着它的头，咯咯咯地叫，仿佛在背诵一篇谎言。它的脖子不断拉长，充满血丝，是否要跟一把菜刀较劲呢？它的蛋窝里，似乎有一个巨大的蛋，马上就要从它的臀部那个窍里挤出来。可是，由于它要下的蛋实在太大，窍门永远不会配合。

198 凋谢

这个人的细胞成群结队地反对他，以至于他的肉正在一瓣瓣凋谢。

他的肉体凋谢的原因，是配合灵魂凋谢。

他从哪里来，要到哪里去？此时，他就站在我们的对面微笑，笑容可掬，文质彬彬。

可以将他放大看，眼前那一堆细胞，如热锅上的蚂蚁。

一堆笑容可掬的蚂蚁，只只抱着个白亮的蚁蛋。

199 芳华

芳华锦绣之时，灿烂如灰，瞬间灰飞烟灭。别伤悲，在这芳华锦绣之时。

200 材料

人是材料，输入大数据库之中输出数据，变成新材料。在大数据系统中，没有人存在。

大数据，这个轰鸣的绞肉机，饥饿无比。

201 雨后

雨后天蓝，水浑，云朵自我聚拢，然后散去。

207 孤单

孤单的人，他全身的毛发变白了，因为他的体内正在飞雪。

237 疯子

疯子必需疯，才是疯子。

疯子在可怜常人，疯子是对的。

240 旷野里

旷野里烧着一堆烈火，圆月凝视着，从不表白。

248 最无辜

最无辜的，是强盗的胯下之马。

249 数据人

“数据人”，超级魔鬼。

鬼们有两个心房：一个“计算”，一个“算计”。

250 因远方

因远方的吸引，流水奔腾不息，浪花破碎在无数个瞬间。

251 在故乡

在故乡的山巅，一棵树叶子落尽，几颗星星蹲在枝丫变黑。

252 自嘲

自嘲的幽默，一种消解恐惧的自我安慰，好比活人为自己戴孝。

257 博尔赫斯

博尔赫斯，你给我零落的街道、绝望的落日、荒郊的月亮；你给了我瞬间的欢欣、昼夜的孤寂、全部的悲哀。你迷失在花园交叉的小径。

260 在梦中

在梦中，你是黑白的，你点燃的篝火也是黑白的。

你不知道有个彩色的世界，不知道自己即将醒来。

263 天明

天明之时，你和肉体在山谷醒来，站在一个绿色的城堡之外敲门。

其实没有门，也没有人听见敲门声，但是，你和肉体的确就站在绿色城堡的门外。

你安慰肉体，一定要站立到最后，等到绿色城堡开门。

264 思想者

他是一个思想者，逍遥在文字描绘的蓝图里。他在闪光的蓝图里做梦。他点化的千百万文字嗡嗡叫着，织就一个有引擎的飞毯，载着他飞向长空，作逍遥游。

265 图画

整个夜都是他涂黑的。

这个清晨，他涂了一条地平线，又涂了一颗启明星。

他忽然停下笔，的确不需要再涂鸦什么了。

266 传口

他曾经借豪尔赫·路易斯·博尔赫斯传口：“我写作，为了缓解光阴流逝的恐惧。”博尔赫斯也借他传口：“在灰暗的天空穹顶背后，一炉炉烙铁已经烧红。”

275 大雁

江河纵横，不管它们的事情。大雁只需要飞过天空，无意义地飞过。

277 荒诞的

荒诞的图画。天空有一块棉田，无数只白皙的手在那里模仿大地上的农妇，凌空采摘。

278 仿佛大鱼

仿佛大鱼在深处游着，水面的漩涡发出阵阵饥饿的声音。没有大鱼，是海自己滚烫起来了。

282 电车

电车，一个旧时代的词语停在铁轨，铁锈如蚁群爬上来。它的色彩是一抹夕阳，迷离地显明自身。

283 此时

此时，一朵红云裹着一块巨石，悄无声息地落在海里。
海燃烧起来，所有远航的船帆，都在燃烧。
海静静的，因为什么事也没有发生。

284 发疯

一头狮子的心中，幻影阵阵飞过，它开始发疯，并闻到了霞光的血腥味。
接着，所有狮子发疯，它们浑身疼痛。幻影刺穿狮子，飘若无物。

289 史蒂文斯的烛火

华莱士·史蒂文斯诗句：

　　那点燃黑夜的最高烛火多么难以攀缘。

这同一线光，这同一个心里，
我们蜗居在黑夜的空气中，
那儿，能待在一起就是满足。

史蒂文斯的诗句，我曾蜗居其中。

他那最高的烛火不断升高，象征什么呢？没有什么可以象征的。

293 吞噬

一座高山正在吞噬坟墓。它已经吞噬了许多坟墓，但仍然感到饥肠辘辘。

295 诗意的

诗意的欺骗。学院派不喜欢纯粹的语词，他们最喜欢语词里恶的隐喻。纯粹的语词之美难以阐释，非高蹈灵魂倾心不能发现，而恶的隐喻可以源源不断地为教材和论文输送文学教条的举证材料。死亡的诗意有效地参与了灵魂的欺骗与自我欺骗。

298 深夜

今夜是遥远的深夜，没有人来，一盏灯在度另一盏灯。我的庭院如一眼亮堂的深井。

299 打结

荒野里，一棵草与另一棵草打了一个结。

而那些石头，仿佛自己打了结。

300 牛马在坡

牛马在坡上吃草。铃铛在天上响。

季风吹黄了山坡，吹绿了天庭。

煦光送去的牛和马，是否还在坡上吃草？

302 甲壳虫

甲壳虫来了。

它在墙根角磨自己的硬壳，它想摆脱甲壳，它失败了；它想翻越那堵高墙，总是滚个脚朝天，它反复失败。

失败的甲壳虫来过了。

303一道强光

万物的顶上，有一道强光。

这道光在一个黑透的磨石上不停地磨着。

304 一阵风

一阵风把一座山轻轻抬起来又放下，

把一个奔跑的马群轻轻吹散，又聚拢。

305 发呆

他发呆，看着一朵葵花，葵花的圆盘在飞。

一枚黄色的飞碟，在高处变灰。

306 桃花与桃

在空中的同一个位置，桃花从来没有看见过它的桃子，桃子也没有看见过它的桃花。

可怜的桃花，可怜的桃。

307 阅读

阅读。在一条无限宽阔的河面，踩着漂移的词藻奔跑。

阅读，踩着波涛，河面不断变宽，永远跑不到对岸。

312 阴风在

阴间的风在高大的建筑物里呼啸，外面是辽阔的天空。

光在抚摸整栋建筑，如是的怜悯，怜悯它分分秒秒的腐朽。

323 蜥蜴

一只蜥蜴，在摇它的尾巴，血渐渐变冷。

它的头和身子也摇摆起来，血一直在变冷。

这是一只真实的蜥蜴，语言之外的尤物，它的血在语言中渐渐变冷。

325 死与活

一个恶人死去，当我们不断地谈论他时，他就成了我们肉体的一部分。

死魂灵，肉体并不重要，但必须有个肉体。

326 蚯蚓

在那个巨大的石头下，一抔新鲜的泥土里，生出了几条粉红色的蚯蚓。

突然，石头移走，一组粉红的橡皮筋在弹跳，在那阳光的针毡里。

327 豪猪

清晨，林间空地里的豪猪，竖起了它所有的尖刺，圈成一个洁白的刺球，仿佛魔鬼的圆月下凡。

328 词变

一个词在失去隐喻的途中，犹如硕大的果子，变得明亮而饱满。

329 漂移

他的心中忽然漂移着万物的音声形色，漂移着梦幻泡影，他感觉自己被狂风吹进了荒漠。

2021.5.17 燕庐

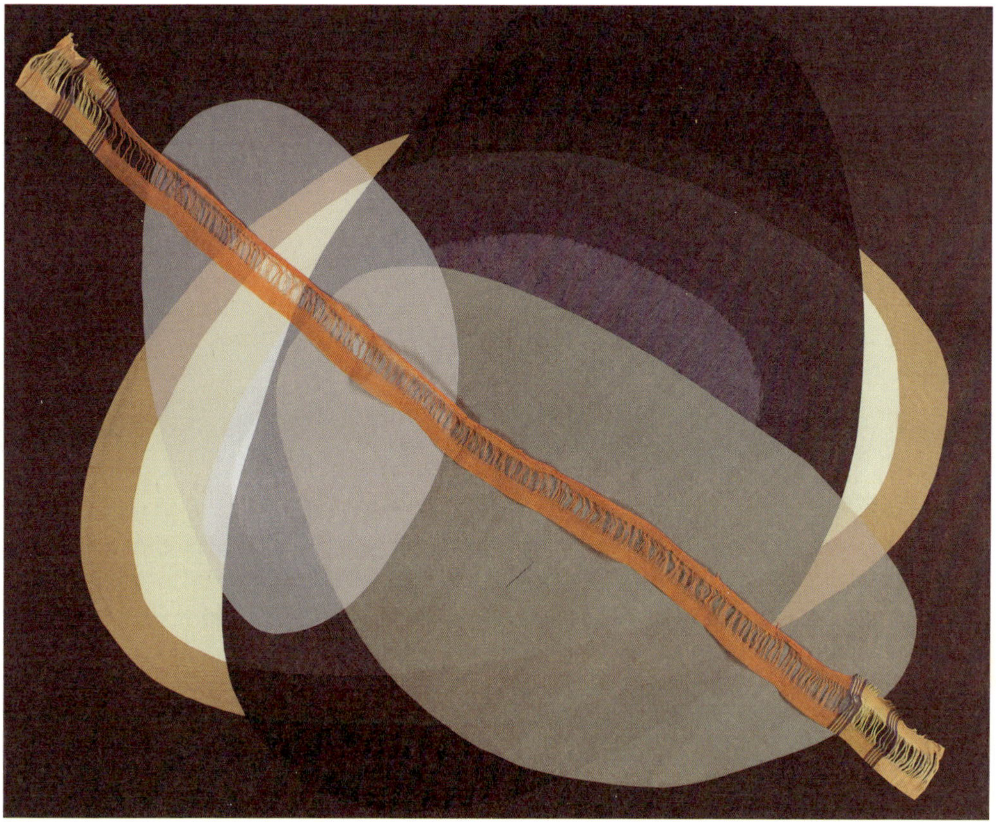

马琦作品
不规则的椭圆
IRREGULAR ELLIPSE
100cm×80cm
布面综合
2019

诗建设

诗学

Poetics

中国当代新诗中的“经验主义问题”

一行

1

在中国当代新诗的写作与批评现场，或许很少有什么诗学观念比“诗是经验”这一说法得到更普遍的接受和征引了。无论一位诗人（或批评家）具有的是“学院”身份、“江湖”归属还是“官方”认证，无论他所信奉的是“现代派”还是“新古典派”、“材料派”还是“口语派”的诗学立场，他在陈述自身诗歌观念时都肯定会将“经验”这个词挂在嘴边。与此相伴随的，是某种意义上的“经验主义诗歌”及诗学的兴起。尽管认同“诗是经验”并不等同于赞成“经验主义诗学”，但“诗是经验”这一观念的普及与“经验主义诗歌”近三十年来在中国新诗中的扎根、繁茂之间，显然存在着紧密联系。它们共同改变并深刻塑造了当代新诗的总体感觉结构，使得当代新诗获得了与西方诗歌传统和中国诗歌传统相关联、沟通的新通道，并有力地回应了中国当下的历史处境。

本文试图对中国当代新诗场域中的“经验主义问题”进行一次系统的理解、描述和辨析。本文的立论可以概括为前面提出的那个整体判断（“经验主义诗歌/诗学的兴起”），用更确切的表述来说，是如下判断：以“世俗日常生活”和“历史意识”为诗的本源、边界和支撑框架的“经验主义”，作为一种诗学观念和写作方法论，在中国新诗中的逐步确立、稳固和壮大，是近三十年来当代新诗所取得的最重要的成就之一；但另一方面，这一诗学观念和方法论仍然存在着一些不充分之处，因而在今天需要得到进一步的推进和补充，并与其他诗学观念和方法论一起配合运用，方能有助于“未来中国新诗”的生成。这一判断显然既涉及对中国当代新诗写作状况的整体考察，也涉及对“经验”与“经验主义”这两个概念在哲学和诗学语境中的基本涵义的澄清。在对基本概念作出细致分辨的基础上，恰当地评估“经验主义诗学”的得与失、优势与局限，并对其来龙与去脉、前景与危险进行揭示，是本文的主要任务。

2

“经验”（経験，けいけん）一词，是近代从日语引进中国的汉字词语之一。这个词在现代中国的社会文化中一般有两种基本用法：其一是生活中的、前理论性质的用法，相当于亲身性的“经历”；其二则是各门学科（首先是哲学）中的理论用法，意指人对某物或某事的直接接触或遭遇（作为事件和过程），以及由这种直接接触的累积而带来的个体记忆（个别知识）和公共记忆（传统—常识）。在这两种意义上，“经验”都与英语中的“experience”相对应。与它相近的一个词是“体验”。在英语中“经验”和“体验”是同一个词“experience”，但在德语中，“经验”（Erfahrung）和“体验”（Erlebnis）则存在区别：“体验”更多地侧重于主体的内在心理活动，而“经验”则是生命向外绽出的、在世界中的游历。

“经验”首先是一个“前理论”或“前概念”的词语，但在哲学中，这个词所携带的丰富意义区间被从不同立场和角度建构成为各种类型的“经验”概念，由此造成了“经验”的含义在哲学中的多重歧义和复杂性。大体而言，近代以来西方哲学对“经验”和“经验主义”的主流论述可以划分为两条线索：其一是近现代英语哲学中的“经验”概念和“经验主义”，其二是康德以来的欧陆哲学中的“经验”概念和“经验主义”。前一条线索从近代英国经验论发端，演变为二十世纪的逻辑经验主义和实用主义；后一条线索以康德的“经验”概念为起点，途经黑格尔、生命哲学（狄尔泰、柏格森等）和现象学（胡塞尔、海德格尔等）的“经验”概念，抵达德勒兹的“先验经验主义”。

英语哲学的主流，是从“认知”层面和“重复性”的角度来界定“经验”，只有实用主义（詹姆斯和杜威）和证伪主义（波普尔）稍稍越出了这一边界。“近代英国经验论”的基本主张是：在认识论上，一切非分析命题的知识都来自感知（观察与内省）和科学实验，因而“经验”是知识的首要根源；在政治哲学上，“经验主义”则强调传统智慧或共同体习俗的重要性，认为人类秩序和社会生活主要依靠传统和常识来维系（休谟所说的“习惯是人生的伟大指南”），而不能交由理性设计出来的方案。“经验”的三个层次——日常生活的“感知与内省经验”“科学经验（观察和实验）”和“历史经验（常识与传统）”——共同构成了“经验论”的三根支柱。总体来说，英语哲学的主流是强调感知经验、科学经验、常识和传统在人类生活中的优先性，既拒斥先天观念和理性设计，又忽略神秘直觉、意志、无意识在人类生活中的位置。因此，英语哲学所诉诸的“经验”，主要是一种日常生活和科学研究中的“常规经验”；这些经验主义者认为，连续、稳定的“经验”本身即具有最高的真实性。

康德以来的欧陆哲学中，对“经验”的理解有一个从“认识论”向“生命哲学”（或生存论）转变的过程，同时，经验所具有的“新异性”（“事件”或“瞬间”的“断裂性”）也得到了越来越多的重视。我们可以从“观念论”“无意识哲学（神话哲学）”和“事件哲学”这三个方面来说明。（1）从康德开端的德国观念论传统（费希特、谢林、黑格尔，甚至可以包括胡塞尔），主张“经验”并非知识的唯一或首要来源。康德认为，对经验具有构成作用的“概念”是先天的，知识的最高原理不是“经验”，而是“先验统觉”或“先验自我”。在谢林和黑格尔的绝对观念论中，“知识”最终是“绝对”对于自身的直观或思辨，“绝对”需要借助经验环节来展开，但并不是经验性的。因此，在“经验”或可经验的世界之外，存在着更高的真实，亦即“自由”这一理念的展开。（2）从德国浪漫派、晚期谢林和叔本华开端的无意识哲学与神话哲学，对“经验”的挖掘从“常规的日常清醒意识”伸展到了非常规的梦境和无意识领域。无意识被视为经验的根基和渊深所在，而神话（及其意象和原型）乃是无意识本身所具有的内在结构。因此，为了理解人类经验，必须看到神话对于生命的原初构成力量。这种无意识哲学、神话哲学的方案，既影响了十九世纪末、二十世纪初的生命哲学（它以“生命经验”来抗拒此前对“认知经验”的过度强调）和“精神分析”运动，同时，这一思潮在后起的现象学中也产生了深远效应，特别是在海德格尔思想和法国现象学中形成了重要成果。在某种意义上，现象学就是一种特殊的“经验主义”，因为它要将一切概念都追溯、还原到“原初经验”的发生之中。当代现象学对“身体—知觉经验”“解释学经验”和“他者经验”的强调，都可以算作是“现象学经验主义”的例证。（3）通常所说的“经验”突出的是人类经历的重复性和连续性，并因此指向记忆对同一性、连续性的保存；但当代欧陆思想则特别强调“经验”的新异性，因而将目光转向“重复中的差异”或作为历史断裂点的“事件”。在“事件哲学”的视野中，最重要的经验并不是累积性的、构成稳定常识、传统、科学的经验，而是突破预期、打碎现有认知框架的新事件。这些新事件是作为“延异”（德里达）、“他者到来”（列维纳斯）、“差异的生成”（德勒兹）或“存在对表象秩序的突破”（巴迪欧）而显示的。这样，欧陆哲学的“经验”概念，对常识、科学和“连续性的历史意识”提出了严厉批判，它们不满足于停留在日常生活的常规感受之中，而是总想要越出日常世界的边界，朝向空无、他者、差异、事件作出穷运动。

3

哲学的分野亦是诗学的分野。从总体上看，英语现代诗歌的主流倾向是忠实于日常生活世界及其历史连续性，其基本手法是高度写实性的叙事和描写；而德语和法语现代诗歌的主流倾向则深受观念论、神话哲学、无意识哲学的影响，并总是将诗歌的命名力量投向那些暴露出日常世界之裂隙的“突如其来的瞬间”、神秘预感和事件，其主要构成方式是思辨和冥想。前者的诗人序列包括了弗洛斯特、爱德华·托马斯、奥登、拉金、希尼等，后者的诗人序列则包括荷尔德林、兰波、里尔克、特拉克尔和策兰等。需要说明的是，现代诗中的写实手法并不同于古典作品（如《荷马史诗》）中的“摹仿”，因为它是以现代的感受方式和修辞方式对现代人生存场景的揭示，从语调、句法和内容上都与古典写实主义相异。

那么，中国当代新诗中的“经验主义”，究竟主要是受到上述哪一种诗学的影响呢？为了辨明这一问题，我们不妨从人们广泛征引的“诗是经验”命题入手。在中国新诗场域近三十年来对“诗是经验”的征引和论述中，我们可以发现这一命题其实有两个不同的来源，其一是艾略特《传统与个人才能》，其二是里尔克《布里格随笔》。为了说明二者之间的同与异，先摘录如下：

> 诗人所以能引人注意，能令人感兴趣，并不是为了他个人的感情，为了他生活中特殊事件所激发的感情。他特有的感情尽可以是单纯的、粗疏的或是平板的。他诗里的感情却必须是一种极复杂的东西，但并不是像生活中感情离奇古怪的一种人所有的那种感情的复杂性。事实上，诗界中有一种炫奇立异的错误，想找新的人情来表现：这样在错误的地方找新奇，结果发现了古怪。诗人的职务不是寻求新的感情，只是运用寻常的感情来化炼成诗，来表现实际感情中根本就没有的感觉。诗人所从未经验过的感情与他所熟习的同样可供他使用。因此我们得相信说诗等于“宁静中回忆出来的感情”是一个不精确的公式。因为诗不是感情，也不是回忆，也不是宁静（如不曲解词义）。诗是许多经验的集中，集中后所发生的新东西，而这些经验在讲实际、爱活动的一种人看来就不会是什么经验。这种集中的发生，既非出于自觉，亦非由于思考。这些经验不是“回忆出来的”，他们最终不过是结合在某种境界中，这种境界虽是“宁静”，但仅指诗人被动地伺候它们变化而已。（艾略特《传统与个人才能》，卞之琳译）

> 我们应该用一生之久，尽可能那样久地去等待，采集真意与精华，最后或许能写出十行好诗。因为诗并不像一般人所说的是情感（情感人们早就很够了）——诗是经验。为了一首诗我们必须观看许多城市，观看人和物，我们必须认识动物，我们必须去感觉鸟怎样飞翔，知道小小的花朵在早晨开放时的姿态。我们必须能够回想：异乡的路途，不期的相遇，逐渐临近的别离——回想那还不清楚的童年的岁月；想到父母，如果他们给我们一种欢乐，我们并不理解他们，不得不使他们苦恼（那是一种对于另外一个人的快乐）；想到儿童的疾病，病状离奇地发作，这么多深沉的变化；想到寂静、沉闷的小屋内的白昼和海滨的早晨，想到海的一般，想到许多的海，想到旅途之夜，在这些夜里万籁齐鸣，群

星飞舞——可是这还不够，如果这一切都能想得到。我们必须回忆许多爱情的夜，一夜与一夜不同，要记住分娩者痛苦的呼喊和轻轻睡眠着、翕止了的白衣产妇。但是我们还要陪伴过临死的人，坐在死者的身边，在窗子开着的小屋里有些突如其来的声息。我们有回忆，也还不够。如果回忆很多，我们必须能够忘记，我们要有大的忍耐力等着它们再来。因为只是回忆还不算数。等到它们成为我们身内的血、我们的目光和姿态，无名地和我们自己再也不能区分，那才能实现，在一个很稀有的时刻有一行诗的第一个字在它们的中心形成，脱颖而出。（里尔克《布里格随笔》，魏育青译）

这两段话有不少非常相近之处：艾略特和里尔克都反对“诗是情感”的流行见解，都反对诗人直接地在诗中运用回忆和实际经验；他们都认为，诗是许多经验的集中和转化。他们二人的区别在于：艾略特采用的是“化学反应”的隐喻，诸经验在“集中”后产生了一种“化合”作用，“诗人的心灵”是在反应中起催化作用的“白金丝”；而里尔克用了一个神秘主义的模式来理解“经验的转化”或“内化”（将“可见的”转化为“不可见的”），这一模式最终在《慕佐书简》中以“诗人是采集不可见之物的蜜蜂”的隐喻道出。这两位诗人所标举的“诗的经验”都不是“讲实际、爱活动的人”所具有的实用化、功利性的经验，而是对日常状态中寻常经验、寻常情感的炼化与提纯。在这一意义上，他们共同提出了现代诗歌处理经验时的基本范式，后文中我称之为“提纯式的经验主义”。

但是，与艾略特相比，里尔克对“经验之转化”的表述要更加诉诸神秘体验或冥想性的心灵投入。艾略特认为“诗人”必须做到将“写作的心灵”与“感受的心灵”分开：“感受的人与创造的心灵愈是完全地分开；心灵愈能完善地消化和点化那些它充作材料的激情。”这样做是为了制约“感受的人”所携带的主观性或个性，因而最终是为了使诗人与传统、与过去的法则相一致。里尔克则认为，最饱满的写作状态应当是一切感受经验彻底化入诗人自身，“无名地和我们自己再也不能区分”的状态；重要的并不是“圣洁不动情”的冷静，而是将“情绪与感觉”都吸收、转化为自身血肉和骨髓时所获得的经验的深邃度。正是在这里，隐含着艾略特与里尔克诗学的根本区分，这一区分可以上升为英语诗对于“经验”的诗学态度与德语诗（以及法语诗）对经验的态度之间的区分。对于艾略特，由于他强调 “诗人（创造的）心灵”与“经验（感受的）心灵”之间的分离，因而诗的写作或创造，在本质上是一种“对经验的冷静处理”，这一处理类似于化学家以一种有距离的、理智和专业的态度面对着坩埚中剧烈反应的化学物质。诗人的非个性化，在根本上是基于这种“处理经验者”与“经验”之间的分离、距离而得到保证的，距离使诗人避免了被主观情感干扰。但是，对于里尔克，“诗人的心灵”与“经验”之间并不存在这种分离，相反，诗人的心灵与经过纯化的经验是完全合一、彼此不分的，“诗人之心”乃是由过往的一切经验沉淀、累积、转化而形成的“深深的海底”，而写作是从这一“合一的海底”涌出的洋流。里尔克也会赞成“非个性化”，但他会将“非个性化”理解为使个体心灵向更深根源融入、继而忘我的方式达到的。里尔克这样的诗人根本上拒绝诸如“处理经验”这样的表述方式，因为诗人与他的经验根本不存在分离。

艾略特所说的“诗是经验”，其实包含三种不同层次的“经验”：第一层，这里的“经验”首先是指“历史意识”或者“历史经验”，也就是诗人与诗歌传统之间的关系；第二层，这个“经验”当然也包含诗人的个体情感、知觉和其他经验；第三个层次，是指专属于某一首诗或作品之中的经验和情感，而“诗的情感”不同于“诗人个人的情感”，“诗的情感”是非个人化的，这是因为“诗中的经验”在根本上是利用历史意识，对诗人个体经验的一种集中和化合之后的产物。在这里，历史意识作为“创造性的心灵”，也就是那条“白金丝”或催化剂起作用。第三个层次的“诗的经验”，事实上是利用第一层的“历史意识”来促成第二层的“个体诸经验”产生化学反应而得到的。艾略特把“诗人的头脑”比作一个进行化学反应的“容器”，容器中那些进行反应的物质或者元素则是诗人的个体经验，而“反应的催化剂”则是诗人从传统而来的技艺和思想。没有充分的历史意识，那么这条“白金丝”的纯度就不够，它就很难引起剧烈的化学反应。于是，一首诗好不好，跟诗人的个体经验的强度或者奇异性没有任何关系，而只跟诗中产生的反应的剧烈程度及其特性有关系——换句话说，在这里，催化剂的作用是至关重要的。而对艾略特来说，这作为催化剂的“历史意识”，首先是作为“诗歌技艺”而存在并起作用的，这就是技艺本身所具有的历史维度。

当里尔克说“诗是经验，不是情感”的时候，他所说的“经验”是个体情感的一种深化、内化、沉积和转换形式，也就是情感变得更加深广、无名，变成一种类似于无意识的东西，跟我们身上的古老性或神话性相融合。在这一过程中，情感也变得非个人化了，因为它与每个人身上来自远古的无意识相结合，从海面上的事物沉降到海底，变成了古老的海底岩层的一部分。所以，里尔克对“经验”的理解是建立在某种无意识哲学或者神话观念之上的。在艾略特对“经验”的描述中，并不存在这样一个神话性的维度，而只是历史或传统维度。诉诸神话还是诉诸历史传统，正是这一点区分了英语诗中的经验主义和德语诗中的经验诗学。

从写作方法上看，二十世纪九十年代以来中国那些主张“经验主义”的诗人们（萧开愚、孙文波、张曙光等），更接近于艾略特式的在“经验的化合”中保持“不动心”或冷静处理的态度，而极少有人走里尔克式的神秘主义冥想和思辨路线。这是由于，中国当代的经验主义诗歌的主要学习范本是英语诗歌，而不是德语诗歌或法语诗歌。英语诗中的经验主义写作，最根本的特征有两个：其一是诗歌的主要题材是日常生活的常规经验（对应着英语哲学对常规经验的关注）；其二就是在方法上，强调诗人要以一种理智而专业的冷静态度，来处理诸种经验。中国新诗从二十世纪“八十年代新诗”向“九十年代新诗”的转换，在根本上就是从“抒情性的观念书写”向“经验主义诗学”的转变——那些具有代表性的诗人们，在诗学范本和诗歌写作方向上作出了重大取舍：主要向英语诗歌中的“现实感”和“日常性”学习，在方法论上突出叙事、描写等手法的地位，在本体论上则倚重艾略特所说的“历史意识”。非经验主义诗人诉诸神话意识，经验主义诗人诉诸历史意识。由于中国古典传统（包括诗歌传统）主要是一种诉诸历史意识的传统，因此当代中国的经验主义诗人，在很大程度上可以和中国古典传统（不止于杜甫，但杜甫是中国古典诗歌中历史意识和经验主义的最佳典范）达成精神契合。即使这些经验主义诗人要寻求超越性，但这种“超越”本身也正是作为历史意识而存在的。由于这一“超越”并非一神教的神性或异教的神话意识，它就不能对“经验主义”产生实质性的威胁或改造。这也就解释了，为什么经验主义写法可以在当代中国占据这样的主导地位，并与中国传统如此完美地无缝结合。

4

中国当代诗人从英语现代诗人那里获得的最重要的东西，并不是他们“提纯经验”的技艺，而是冷静地“处理经验”的方法论，是直面日常生活的态度，是将日常经验作为诗歌感知力、理解力、想象力的主要来源的立场，是从世俗生活中汲取诗的语汇、题材、声调和语气（比如谈话性和现场感）的方式。由此，诗与日常经验之间的关联紧密起来，而诗的任务成为对“我们实际所过的生活”的如实感知、呈现。所有这些，构成了中国当代经验主义诗学的主要特征。对日常经验的重视，作为连接中国当代新诗与英语现代诗中的“经验主义”的桥梁，则有着历史处境和诗学处境两方面的成因。

中国当代的经验主义诗歌，是作为对二十世纪八十年代诗歌风气的矫正而登上历史舞台的。从总体上看，“八十年代新诗”的主要类型是源于集体情感和集体观念模式的抒情诗、政治对抗诗和泛文化写作。在后来的经验主义诗学立场的评判中，“八十年代新诗”被命名为“青春期写作”，其精神气质是乌托邦式的对“献身”“远方”“故乡（祖国、家园）”“神性”等超验之物的激情。这种写作几乎不关心世俗生活和日常经验，只向往单纯、热烈、神秘和神圣，因而与近代西方浪漫主义诗歌和德语、法语现代诗更具亲和力。在“八十年代新诗”内部，虽然也出现了口语诗和城市诗这样的新类型，却不能从根本上动摇诗歌场域对超验性的热衷。然而，在1990年代初，三件事情的几乎同步发生带来了中国新诗总体面貌改变的契机：首先是中国社会的逐渐市场化、城市化和进一步世俗化（工具理性化）；其次是一系列的诗人自杀事件促使不少诗人思考“25岁之后如何继续当一位诗人”的问题；第三，是大规模的国外诗歌译介、特别是英语诗歌的译介引发了新一轮的对西方诗歌的学习潮流，其中不少诗人通过学习英语诗中的经验主义而重构了自身的写作方法论。这些诗人通过经验主义诗歌的写作，既有效地解决了诗学内部的困境、紧张、焦虑，又有力地回应和处理了中国自1990年以来的整体社会变迁和历史处境中的复杂生存经验，同时使得自身的写作摆脱了“八十年代”的习气，获得了更端正、坚实、稳固、开阔的品质。

与“八十年代新诗”相比，“九十年代新诗”的主要优点是它的具体性、现实感和经验容量。九十年代新诗的基本范式，是以“叙事”和“场景描写”的方法来呈现日常生活的细部，以“反讽”和“怀疑主义”的语气来进行一种基于事境的微观社会批判。将朝向乌托邦和超验之物的目光，调整到对世俗社会的人情百态、各类社会空间的运作机制的注意上来，使得这种新的经验主义写作显得比“八十年代新诗”要更“言之有物”、更“真实”。它的“真实性”或“现实性”（尽管“现实”与“真实”仍有区别，但“现实”肯定是“真实”的构成环节之一），植根于1990年以来中国社会的基本历史变迁和人们的生活感觉结构的总体变迁之中。这一变迁，可以被理解为一种全新的“世俗时代”在中国社会中的到来和扩展。

与查尔斯·泰勒所说的西方世界的“世俗时代”的形成方式不同，中国近三十年来进入“世俗时代”的动力机制和生成脉络有其历史方面的特殊性。西方是在基督教统一秩序的废墟上，通过基督教本身的世俗化，通过从中产生出现代意义上的经济伦理（如韦伯的考察）和生活伦理（市民道德），与其他的复杂原因和要素一起，形成了“世俗社会”的基本制度、观念和精神气质。正如泰勒所看到的，西方的“世俗时代”仍然与基督教本身脱不开干系，现代性与基督教在冲突、较量与纠缠中始终是相互影响、相互学习甚至常常互为支援的。即使基督教信仰已不再是西方人的必要或唯一选项（这便是“世俗化”的核心意思），但基督教的诸多因素，作为经验框架和观念框架中的结构性要素，仍然对西方人实施着深刻影响和规定。

而中国当代的世俗社会，是三种不同的世俗化历史时段或进程发生叠加而产生的。其一是唐宋以来的“礼俗社会”的生活形态（梁漱溟、费孝通和吴飞所观察到的中国社会形态）；其二是清末民初以来对西方现代性要素（如民主、科学、市民道德等）的大规模移植带来的第一波现代化进程；其三是1978年以来，特别是1992年以来中国改革开放进程中对市场经济或工具理性原则的引入所造成的更深入、更大规模的世俗化。这三种历史进程叠加的结果，是中国当代以“利俗社会”为主、仍然带着“礼俗社会”之残余的新“世俗社会”的形成。“唐宋变革”中形成并持续近千年的中国礼俗社会，如中唐诗歌和宋词中的世俗主义和平民主义，是中国当代新诗中的经验主义诗学的遥远本土源头或要素之一。礼俗社会也是世俗性的，但其遵循的礼法原则和实用理性原则，并不同于资本主义或市场经济的工具理性原则。中国近现代历史受西方现代文明影响，特别是近三十年来受市场经济影响，工具理性的原则成为中国当代世俗社会的主导原则。传统意义上的宗族或小共同体的解体，使得“礼俗社会”变成今天我们看到的“利俗社会”或“市场社会”。新的市民主义精神气质已经在中国当代成形，尽管礼俗的影响痕迹仍然没有完全绝迹，但礼法并不是我们今天生活的主导原则。

中国当代新诗中的经验主义写作，其诞生与演变，很大程度上与“利俗社会”的成形与扩展同步。八十年代以来的“口语诗”，作为一种较为单薄的经验主义诗歌类型，是对市民化的生活状况的直接呈现和肯定；而九十年代兴起的“知识分子写作”或“中年写作”，则以一种更复杂的经验主义方法，进行着对“利俗社会”及其工具理性原则的分析和批判。“九十年代诗歌”试图使人们在一种“震惊”体验中，与新的空间、技术、媒介、话语、事物相遭遇，并促使人们在这样的遭遇中去思考自身的位置和方向。在中国社会日益世俗化的过程中，人们的生活方式、关切重心和感觉结构的改变必须以某种方式进入诗的视野，而经验主义诗歌正因为将自身深深嵌入新的生活方式和感觉结构之中，而比其他类型的诗歌更具切身性和处境感。

5

进入新世纪以来，中国社会转型朝着城市化、世俗化方向的更深推进，引发了反向的作用力，中国的经验主义诗歌写作本身也发生了可见的改变。我们这里将其命名为当代经验主义诗歌的“自然转向”和“伦理转向”。而这两种转向的实质，都是试图在“日常经验”中重新寻找“超验”或“超越之物”以作为生活根基。很多诗人敏锐地发现，仅仅以白描（口语诗）、反讽和怀疑主义的方式去呈现日常生活经验，并不能缓解现代性带来的虚无主义或意义丧失危机，反而使诗歌本身堕入虚无。他们感觉到，有必要重新寻找肯定性的超越之物，来为生活、为诗歌重新奠基。“自然”（“大地”或“山水”）作为超越性的场域（赵汀阳：“与人事无涉而具有超越性的自然就是山水”），人伦经验与“天道”的连通性，构成了中国自身的文明传统中本来就包含的两种“超越”形态。因此，新世纪的经验主义诗歌内部的转向也可以说是一种朝向“中国自身”的转向，它不再停留于对英语诗中的经验主义方法的学习、移植和改造，而是建立在文明自觉和为生活秩序重新确立超验根基的意图之上，因此，不妨将其理解为“文明转向”和“超验转向”。经验主义诗歌的立体纵深，就取决于它在书写日常生活的同时与自然、历史、他者和超验发生关联的深度。

经验主义诗歌的“自然转向”，主要体现为从“风景诗”向“风土诗”“新山水诗”的变化，其核心旨趣是试图在今天的中国重建或重新引入“山水”维度。20世纪的中国新诗中，并不缺少“风景诗”，但基本上都是在一种抒情浪漫主义的模式里，或者以风景为“观看对象”的主体性视角中，对自然进行书写。九十年代新诗中的经验主义，主要关注的是日常生活场景和社会空间装置，对“自然”的兴趣不大。“风土”并非“风景”，它不是观看的外部对象和旅行中经过的地点，而是人生活、扎根于其中的非对象性的场域，它塑造的是一种更深入、内在、共属性的与自然的关系。“山水”则是经过古典精神洗练之后的“风土”。今天中国当代杰出诗人们的“自然”书写，已经从外在的“风景书写”转换为更丰盈、深刻的“风土书写”和“山水书写”。孙文波的“新山水诗”，雷武铃与“保定诗群”的风土书写，雷平阳笔下的“昭通”和“基诺山”，陈先发、杨键、聂广友、陈律、施茂盛等人的江南书写，以及余怒、飞廉、泉子、苏野、高春林、李森等人的诗中，都可以看到“山水”精神的踪迹。

在被称为“地方主义”的写作中，“自然转向”和“伦理转向”往往混合在一起，它们共同指向对一个“山水—宗族小共同体”的重建。不过，当代诗的“伦理转向”并不只是具有这一维度和方向。“九十年代新诗”对“伦理主题”的处理，主要是以“知识分子”的良知姿态，以人文主义道德作为立足点，对社会生活作出批判性的审视。在“知识分子写作”中，“道德的姿态性”往往覆盖了“伦理的具体性”，营造某种道德化的“自我形象”的动机压倒了对他者的真正关切。进入新世纪后，“伦理书写”在中国当代新诗中得到了深化和调整，出现了三类主要的伦理写作方式。第一类，是前面提到的以“共同体伦理”为立场的伦理书写，它主要围绕着家庭（家族）叙事和地方叙事展开，但也有可能上升为更高层级的民族叙事或文明意识。自然、地方与伦理经验的会聚，就是文明经验在诗歌中的显现。聂广友和陈律，雷平阳和陈先发，李建春和杨键，他们的写作都可以视为这种文明经验的诗学例证。第二类，是以列维纳斯式的“他者伦理”为立场的书写，诉诸一种朝向陌生者的注意力，黄灿然的《奇迹集》和江汀的《来自邻人的光》中部分体现了这种伦理目光。第三类，是以“自我伦理”或“自我技术”为中心的书写，它朝向的是“真实的自我”，臧棣、陈先发与余怒等人的写作中，就包含着这种对“自我”的深度探寻和建构。

与上世纪诗歌对伦理主题的处理方式相比，今天的“伦理书写”包含着以下几个新特征：（1）“伦理书写”不是只局限于“伦理主题”，而是在一切主题的书写中都贯彻伦理意识；（2）今天的伦理书写不再以“否定”或“批判性”为主，而是以“肯定性”为主，从“批判现实”转向了“肯定生命中的超验者”（无论这超验者是“共同体”或“文明精神”，是“他者”，还是“真实自我”）；（3）从知识分子式的人道主义姿态和良知自我形象，转向更具体的对共同体生活细节和他者生活细节的关注；（4）引入了文明意识与“中西之辩”，不少诗人今天的伦理写作都有强烈的中国文明本位立场；（5）今天的伦理写作面对着古今伦理之变，亦即要在“共同体本位”和“个体本位”之间进行取舍或平衡。今天的诗人必须思考：是返回共同体还是朝向他者？或者，一切真实的共同体伦理和他者伦理的前提，都是先行确立本真自我的存在？不少诗人基于儒家或保守主义立场，对现代诗原本携带的个体主义进行反思和批判。但这里也可能包含着矫枉过正的危险：否定个体主义变成了完全倒向共同体传统和经典，以至于否定了新诗作为“现代诗”的正当性。我们或许需要一种更恰当的对个体主义进行扬弃的方式：以“个体”作为诗的必要起点，但不固守于个体性，而是从个体的真切经验出发，通向超验、历史传统与他者。

这意味着，今天的伦理书写所要求的，是一种同时朝向共同体、他者和自我的诗歌。真正完满的幸福，正是建立在对这三重伦理维度的综合之上。由此我们才可能构建一种以经验主义方法论为基础的“幸福诗学”。九十年代诗歌的经验主义，是一种“社会经验主义”和“日常经验主义”；而新世纪以来诗歌中的经验主义，则是一种“自然经验主义”和“超验经验主义”。其中包含着“从反讽到肯定”“从社会到自然（或山水）”从“知识分子的良知书写到更真切复杂的伦理书写”的转向。由此，八十年代末以来中国经验主义诗歌的演变轨迹，就可以大体概括为以下几次转换：集体意识（无经验的象征系统）→个体性的日常生活经验→地方经验与他者经验→文明经验。

这一由“自然转向”和“伦理转向”共同构成的“超验转向”，并非没有内在的问题和危险。正如我们所看到的，这一转向与新世纪以来中国新诗的另一个重要趋势有着紧密关联，那便是“保守主义新诗的兴起”。所谓的“重建山水”和“回到伦理共同体”的诉求，本身就是保守主义性质的。这一保守主义的诉求如果太急切，可能会使得诗歌写作者低估当代中国社会的复杂性，低估现代文明的合理价值。文明意识的引入，虽然使得新诗与中国古诗之间的鸿沟在一定程度上被抹平，新诗与古诗获得了沟通、连接的可能性，但这种文明意识目前来看仍然是以忽略当代世界的复杂性为代价的。与此相关的另一个问题是，对“肯定”或“超越”的过于匆忙的追求，会带来诗歌自身批判性和复杂性的削弱，而这会降低诗歌的意识水准。如果肯定性本身并非建立在足够丰富和充分的环节之上，省掉、缺失了太多必要环节就试图抵达肯定，这种肯定就类似于升华，其真实性是可疑的。大多数寻求“肯定”的经验主义诗歌，都效仿弗洛斯特和早期希尼的写法，用一种带着明亮光泽和纯净气质的语言来营造神秘、通透的诗性氛围（例如雷武铃诗集《赞美》），我在前文中称其为“提纯式的经验主义”。但这种经验主义的容量或能够处理的主题是有局限的，它一般不能处理城市经验，更不能处理繁复的由诸种力量、观念和话语方式的混杂和冲突所构成的当代经验场景，即使处理，也会给人一种单调和片面之感。因此，需要通过一种“芜杂的经验主义”来校正“提纯的经验主义”的缺陷。

6

除了能够真实、具体地回应我们时代的生存处境之外，经验主义诗歌最重要的优点，是它在方法论上的成熟和稳定性。它的基本方法是“叙事”和“描写”，这两种方法经过现代主义以来的改造和变异，已经发展出一整套非常系统、有效的模式和技术，任何学习现代诗歌的人，只要肯花时间和功夫，都能够大体上掌握（虽然其中一些比较复杂和新颖的技术需要一定天赋才能灵活运用）。由于这一方法对经验细节进行叙述或描写时，着力于做到准确、生动和细致，因此，它天然避免了粗糙、陈词滥调和滥情、矫情的问题，而显示出对语言和世界的平正态度。这样一来，经验主义就成为几乎仅有的一种“不依靠天赋、不依赖运气”就能稳定地写出不错作品的诗歌方法论，它持续产出优秀诗作的稳定性远胜于其他诗歌写法。历史上出现过的其他写法，几乎都要依靠天赋或运气才能运用得当，天赋差一点就会陷入陈词滥调、任性或滥情的泥沼，运气差一点诗作就失去了色彩和魅力。

经验主义的诗歌方法与它所要训练的心智类型是高度匹配的。这一心智类型，大体上可以概括为沉稳、平正、客观的心智。沉稳意味着耐心、专注和细心，经验主义诗歌建立在对生活进行观察和理解的沉着态度之上。平正意味着质朴、踏实、端正，不言过其实，不以华丽空洞的言辞取胜。客观意味着不任情使性，不歪曲、不美化我们的生命经验，而是如实呈现生活本身的面貌。长期坚持经验主义写作并对它进行反思性的深化，会带来心智的逐渐成熟。经验主义诗歌是可成长的，是一定能越写越好的，它唯一需要的就是时间。相比之下，其他的诗歌写作方式都并不直接促成心智的成熟，因为它们大多数都是建立在奇想、直觉、无意识和激情之上，这些非常规的经验往往与儿童和青年的关系更紧密，很难在成年以后得到保持。

任何一种诗歌方法，如果成为固定的程式和套路，都会从中产生出大量的常规诗歌或庸诗。经验主义诗歌的一个优势在于：即使诗人按这种方法写出了许多常规作品，这些作品也不会给人空洞感和虚假感（其他方法写出的庸诗基本上都是空洞和虚假的），因而似乎仍然是立得住的；而且，在写作大量的常规诗作之后，经验主义诗歌有可能发生内在的、质的改变，向非常规的真正诗歌转化。当经验本身在心智成长中逐渐变得独特、深入、有力而语言在重复训练中与之越来越契合时，诗人就能写出不凡的作品。据我观察，按照经验主义方法写了十年以上的诗人，几乎全都写出过令人信服的诗作。做到这一点并不需要太高的才华。而其他类型的诗歌方法，由于并不依托于逐渐成长起来的成熟心智，几乎全靠作者的天赋才华，经常是“出道即巅峰”，兰波就是一个极好的例证。聂鲁达晚年对自己诗作的评价，可以表明非经验主义的诗歌写作常常陷入的停滞或倒退状况——聂鲁达说，他最好的诗是在19岁时写下的。

7

无论是“九十年代新诗”中的“中年写作”“叙事”和“技艺”概念，还是口语诗的各类尝试，以及新世纪以来中国新诗在自然、地方、伦理等方向上正在进行的努力，其主导线索都可以归入经验主义诗学的范围之中。经验主义由此成为当代新诗写作中最重要的方法论，它造就了一种真实、朴实、结实和踏实的写作意识，并产生出大批以经验主义为主要诗学原则的杰出诗人和杰出作品。但是，经验主义在现实感和方法论上的优点，并不代表它就是唯一的、最好的或最正宗的诗歌方式。如果不加反思地将经验主义方法树立为唯一正确的诗歌方法，会导致对其他诗歌方式的轻视和不公正。当代中国占据主导地位的经验主义诗歌类型，正如前文所分析的那样，并不是没有缺陷和危险的，它需要通过方法论反思来调整其方向和内在构成。

当代新诗中的经验主义常常与保守主义混合在一起。这意味着，今天不少诗人所写的经验主义诗歌带有强烈的保守本性：对“日常生活”缺少批判意识，对那种廉价鸡汤式的“人道主义”或伦理情调缺少反思意识，使诗歌变成一套关于爱和慈悲的情怀宣教，变得伪善和平庸。当一位诗人无反思地沉浸于以细节描写来呈现“伦理秩序”“自然之美”或“肯定性”时，他的诗往往显得虚假，散发出一种不真实的光感。这种经常与保守主义相结合的“提纯式经验主义”，对秩序、美和光明有一种特殊的偏好，使诗人回避灰暗、无聊和重复的真实经验，而以修辞和观念对经验进行美化、抛光。

经验主义诗学向来以真实性和具体性作为自身最重要的价值所在。但是，“真实”并不等同于“现实”或“实际”。即使经验主义诗人在日常经验中探寻或暗示出一种超验维度的存在，这种依托于超验的经验主义也并不能垄断“真实”一词。这是由于，“经验”除了“经验主义”诉诸的那种常规或日常经验之外，还具有非常规、断裂、奇异性的维度。换句话说，今天这种诉诸世俗生活中的日常经验的诗歌写法，终究只是覆盖了人类生命经验中的一部分、一个区域，还有更大的区域在这种写法能够触及和处理的范围之外。冥想、直觉、幻想、无意识、梦境等等，往往并不直接属于日常生活，而是从日常生活的断裂处和缝隙到来，对我们的生命施加改变。在这样一些断裂性的、灵魂出窍式的深层意识中，有着另一些类型的“真实”需要被诗人探究。此外，观念论意义上的“真实”，也构成对经验主义所说的“现实”的扬弃。“诗学的真实超越现实的真实，因为它同时让现实的根基具体地呈现出来。”（宾德尔《论荷尔德林》）对观念论诗人来说，现实本身也只是一种符号，而诗人的写作，是“以解释的方式使现实的东西非现实化，以便在语言中重新将它现实化的辩证过程，遵循并指明了现实的东西变得真实的道路”。“诗人的语言体现在秩序与实施的完全综合，并因此体现了现实东西的真实结构，因为，眼见的真实只是一种事实，脑中的真实只是法则，只有言说的真实才呈现为两种因素的统一。”（同上）因此，我们不能认为只有经验主义诗歌才书写了真实，相反，必须以某种方式超越单纯的经验主义。

同样，具体感也并不一定就要通过叙事性和场景细节描写来呈现。读过黑格尔的人都知道，更高的具体性是观念的具体性，是具体的总体或普遍。只要一种观念或理念中注入了生命的活力、感性的丰盈度和精神性的洞见，就能够变得具体。在这个意义上，诗人未必就只能靠知觉细节和事件细节来获得具体性，思辨性的洞见或观念，只要它们是真正展开了的，也同样是具体的。

8

于是，经验主义方法论在当代诗中的确立和壮大，一方面带来了新诗心智的成熟与稳定，另一方面，它本身也需要进一步的调整。经验主义诗歌仍然未竟全功，因为它虽然已经在当代诗中站稳脚跟，但还没有成为当代中国人对诗歌进行理解时的基本常识。大多数诗歌读者和爱好者，仍然是从非经验主义的角度理解诗歌的，他们面对经验主义诗歌时往往会很不适应，经常会质问“这是诗吗”或“这难道不是散文吗”。在这一意义上，我们仍然需要继续推进和完成中国新诗的经验主义启蒙。这一启蒙的基本内涵是：经验主义方法应该成为绝大多数诗人的基本功，成为他们诗歌道路的出发点和构成性要素之一；同时，在诗歌教育和诗歌普及中，逐渐使大多数读者能够理解这一写法的必要性和有效性。

经验主义诗歌方法之所以有必要成为诗人们（必要但不唯一）的基本功，缘于当代中国人生存状况和诗歌状况的内在要求。当代中国无与伦比的复杂性，要求诗人和作家以经验主义的基本态度，书写各种职业、阶层、地域、族群、性别和性取向的人群以及个体的生存经验。目前来说，还有很多类型、很多个体的经验没有得到必要和恰当的书写。经验主义诗学能使他们发出自己的声音。像郑小琼、许立志、陈年喜、李松山这样的诗人，还可以有更多。因此经验主义诗歌仍有很大的写作空间。

但是，要书写当代世界的复杂经验，光靠“提纯式的经验主义”是很不充分的，因此在诗人的基本功训练中，必须包含“芜杂性”的内容。这是在经验主义内部的突围：扩展诗歌中“经验”的范围，从“提纯式的经验主义”走向“芜杂经验主义”；从生活经验扩展为技术经验与科学经验这些被“理性”渗透、塑造的经验；从“经验”走向“关于经验的经验”；从世俗时代重复性的日常经验，走向一种“生成差异的强度经验”（德勒兹），甚至走向一种巴迪欧意义上的“事件”的经验。日常状态削弱了经验的力量，因此有必要引入界限的经验、事件的经验。如巴迪欧所说，“对事件的命名是诗歌的最高使命”。

另一方面，经验主义方法，需要与其他各类写法相配合。诗人写作不应该只采用单一的方法论，否则会导致诗的单调和乏味。如果每个人都只按经验主义方法写作，很快会出现诗歌形态和风格上的趋同，形成千人一面、难辨彼此的诗歌现场。在继续倡导经验主义诗歌方法的同时，诗人们也要警惕将其树立为唯一正确的道路，压抑其他的诗歌潜能和诗歌类型。在经验主义外部，存在着各类反经验主义和非经验主义的写法：传统抒情诗、思辨诗、史诗、神秘主义诗歌、幻象诗、材料主义诗歌、元诗、无意识写作等等，这些形态的诗歌都各有其道理依据。多多和王敖就是当代中国反经验主义诗歌写作的两位典范，张枣的元诗写法也不属于严格的经验主义类型。事实上，当代“材料主义诗歌”从一开始就是对经验主义因素与非经验主义因素的混合：欧阳江河和钟鸣在“九十年代新诗”中对“分析性”和社会学视角的引入，既包含对当代社会场景的复杂经验的叙述和揭示，又具有强烈的观念思辨、知识装置和修辞主义色彩。这里涉及“经验与观念”之间的辩证法。甚至，如果我们推进经验主义诗歌的“超越转向”，不断增加观念思辨在诗歌中的比例，使得“超越”在观念论的意义上被给予和呈现，那么，经验主义诗歌就被“观念论诗歌”所取代，亦即将经验和现实置回其根基处，使之成为超越者的显示。这种写法，在聂广友和陈律等人那里已现端倪。尽管经验主义能够促成诗人心智的稳步成熟，但如果他想要走得更远，就需要在经验主义方法之外掌握更多的诗歌方法，走向更复杂和更独特的个体诗学立场。

由于大多数非经验主义的诗歌方法都植根于人的童年性和青年性，因而，我们需要在“中年诗学”之外，重新呼唤一种新的“青年诗学”，呼唤诗与元气、朝气、直觉、意志和想象力之间的直接关联。青年的血气、热情、无意识和对神圣的渴望，应该重新成为诗的动力来源。如果说，青年诗人应该尽早完成经验主义的训练，那么同样的，中年和老年诗人也应该训练自己一直保持内在的青年性或赤子之心。一位好的诗人，应该同时葆有布莱克所说的“经验与天真”，也就是同时具有成年性和青年性。在经验主义已融入新诗的血液和骨骼之中的今天，新诗写作的创新，其关键就在于以观念论、神话意识和“青年诗学”中的非经验主义成分，对经验主义进行修正、丰富和深化，使之成为对他者和事件进行命名的准备。

2021.7昆明

诗的真实与当代性迷茫

楼河

一定程度上来说，诗的真实意味着诗歌语言的准确与诗歌内容的可信，是诗人对外部力量施加给诗歌影响的一种抵抗。我们相信诗歌有一种内在的原则，吸引我们向它靠近。因而，诗的真实要求了诗人的纯粹，也证明了诗与诗人之间的脱离。诗人的高贵除了人的高贵，其特殊情形来自诗的高贵——诗的真实是一种不言而喻的价值。但诗人很多时候是庸俗的、脆弱的。作为写作者，我们需要诚实地面对自己写下的语言，但作为凡人，我们却是功利的，深受各种社会的、文化的，甚至政治的影响。诗人的自由是有限的，因而诗歌的真实才有意义，它让写作变成了一种抗争过程。

在诗的真实中，诗歌语言的准确与内容的可信是紧密相连的，前者是对后者的抵达，或者说，这两者都是对诗的真实的抵达。也即，诗的真实有赖于准确的表达；同时，诗的真实作为我们设置的客观概念，其实是由“可信的”这一主观概念编织的。绝对价值由相对价值组成，我们认为前者可能存在，却没有一条真正放心的路径到达。所以，诗的真实在某种意义上是一个莫测的理想，但我们却不能否认它的客观性，认为它只是一种信念。因为在诗的历史中，我们能感应到某种诗的共性。这种共性不仅让诗人清晰感知，甚至被任何拥有阅读能力的人所体验。

作为客观概念，诗的真实是诗的本质之一，但前者显然比后者更易于理解，因为对诗人来说，我们可以将真实理解为一种忠诚，从而将它分解为忠实于内心，以及忠实于世界。诗的真实是客观的，却需要主观的方式去发现，所以我们会认为，我们所面临的难以真实的困境，其根源在于人的认识能力的局限性，以及人在社会中的脆弱。但我们需要在诗的范畴去谈论真实，由此便产生了另一个问题，即，诗的形式是否就是诗人认识能力的局限性本身，或者，是他认识能力的助力？在诗的真实与世界的真实之间究竟存在怎样的关系？这构成了对诗歌本质的一种理解。我们无法清楚地回答这种关系究竟保持了怎样的状态，但我们至少可以肯定一点，从诗歌的角度去理解世界即使不是优越的，也是独特的。作为“真实”概念之一，诗的形式依然是这种独特性中第一个被看到的特征。因而，当我们谈论诗的真实时，首先要谈的其实是诗歌形式的真实性。

按照马克思主义文艺理论，审美形式实际上就是一种意识形态，而意识形态是生产力与生产关系的一种反映，它即使不是在进展之中，至少是在变化之中。也就是说，形式的真实性具有时间性，诗的真实也必然这样。由此，或许可以说，真实即使是客观的，也不是中心原点式的存在，而是带状的不断接续的脉络。于是，从小处来说，诗的真实就是一种诗歌的当代性，所有诗歌都有一个历史性命题。因而，诗的真实就是诗的可信，而诗的可信由诗歌语言的准确性抵达，便成为可以理解的逻辑，因为诗的真实中包含了语言对现实的刻画。也就是说，诗的真实能够将当代性的现实还原为语言的准确表达上。

诗的可信是个现实概念，即，我们认为当代诗的可信是对当代现实的贴合，这种现实当然包括了心理状态和事实状态。当代人的心理和他所遭遇的世界其实是一致的，所以一首真实的当代诗，其实就是一个具有当代人心理状态和遭遇的诗人写作的文本。贴合这种现实性的作品自然就是当代诗歌。这种具有贴合性质的现实刻画也体现在诗的形式上，也就是说，当现实发生变化时，形式的变化是一种必需的要求。在当代诗中，坏诗不是因为作品缺乏感情而被人忽视，而是因为作品使用了陈旧的模式影响了诗歌对真实的抵达，因为诗的真实不是恒定的，当代诗的真实与现代诗的真实不能等同，所以现实的转换需要通过形式的转换以做出区分，甚至在更绝对的情形下，诗的真实就是诗的形式。因而，诗的真实与诗的形式是种相互要求。

在我看来，当代人最大的现实是在普遍的同质化压力下的个人孤独。这种孤独不仅是心理状态，也是现实处境。技术的进步和贸易的流动使整个世界变得越来越富足，同时不断塑造了人的标准化，这至少带来两个后果，首先是人与人之间的疏离，其次是人与人之间的精神雷同。经济产业链下，每个人都被纳入到某个链条下的节点中，但这样的人是作为秩序中一环被物化的，它并不能形成人的友谊，相反，人被自己的职业定义，因而在他的生活经验中产生了自己随时都有可能被和他相同职业的人所取代的焦虑，使他永远变得不安。也就是说，在富足和职业化的环境中，我们既不需要任何特定的人的帮助（给我们带来生活上的帮助的是一个职业人，而非亲友），也对其他任何特定的人没有意义（我们的作用是被定价的，我们的价值就像货币一样，只要具备需求的单一偶然性即可实现功能，并不需要另一重偶尔来进行自我完成）。所以，在当代人的生活中，我们与自己的亲人、与自己生长的原乡之间的关系仅剩一种信仰在苦苦维系。我们的身份和空间是可以流动的，我们的精神也是充满变化的，在自我与他者之间，那种具体的、切实的、不可化约的关系正在失去。这或许就是列维纳斯的面容。

精神疏离的同时，我们还面临了精神的无聊。在一个被技术和贸易统治的世界中，我们的生存经验正被一种标准化的程序复刻，我们使用同样的产品，被这样的产品训练出同样的反应机制，因而我们的价值观和想象力也变得越来越一致了。于是，在一个陌生化的社会里，并不存在一个真正陌生的人，新奇和偶然正被数学和逻辑构建的必然性取代。在这样的世界中，他者不是无限的，而是同一的。

我们的当代性是被工业文明和数字生活规定的，和在此之前的农业社会相比，尽管后者的生活状态同样可能重复而无聊，却拥有一个世界以外的遐想，拥有真实的陌生体验，而在当代社会的超强人际流动中，我们拥有无数经历，但所有经历可能都是相似的。当代生活是一种易于失望的生活，因为我们看起来有着无数解救无聊的机会，但每个机会最后都复归于无聊。

诗歌面对的正是这样的现实。如果这种现实是负面的，那么，诗歌对这一现实进行的反抗并不是掩耳盗铃地假设自己仍然活在那种原乡式的生活中，而是要在新的现实里创造新的呼吸。所以，诗是作为人的一种可能性而存在的。诗歌对人的搭救是双重的，首先它要改变我们对生活的疏忽，恢复我们对具体存在的敏感性；其次，它要唤起人的普遍感情，使人与人之间的联系突破职业化的封锁，而能感受到他人生动的面容。

所以，诗对现实的贴合并不意味诗必须依附这种现实。事实上，当一首具有现实感但并不消极的诗歌出现时，我们或许还会生出这样的疑惑：人的当代处境必然是消极的吗？即使被数码标准所规范的生活无法改变，它本身不能是快乐的吗？诗歌的众多可能性中至少存在这样一种可能：诗充实了我们的精神从而改变了我们对现实处境的体验。也就是说，现实是可变的、等待解释的，诗的解释正是其中一种。在所有作品中，诗的特殊性或许在于它是语言的音乐，凝练的内容由充满韵律的形式表达，这使得它对现实的解释既可以通过充满变化的表述达成高度具体化的感受，也能够在音乐的节奏中实现普遍性的情感共振。诗是一种强力解释，诗与诗人共同形成了诗的主体性价值。因而，诗的真实拥有了新的含义——它展开了人在现实中的可能性。就像哲学其实就是哲学史一样，诗歌在历史中的流变也包括了某种永恒的部分，但与前者相比，诗的可能性更反映了人的主动作用。也就是说，在诗人的脆弱和庸俗中，同时内涵了人的积极因素，使自己成为自己的反对力量。

反抗人的脆弱首先要承认人的孤独。当代诗有着普遍的孤独的美感，它表现为告别原乡与城市生活两种类型，前者的孤独中包含了痛苦的分离、新环境的不适，而后者则更指出了人的本质可能就内在了孤独的因素，因为在城市生活中，人与人之间的帮助被职业功能取代，使得人与人的长期联系变得不那么必要了，这在价值上改变了人对孤独的认识。人的孤独与人的友谊可以同时作为人的可能性，而成为当代生活的某种目的。在告别原乡与城市生活之间存在一个过程，这个过程也许产生了中国当代诗的某些特征，这些易被识别的特征也许是消极的，对诗歌以外的读者来说，当代的中国新诗向他们展现的是无聊、迷茫和晦涩。这些认识既反映了当代诗的边缘处境，包含了误解与恶意，但同时也是当代诗的某种真实。也就是说，无聊、迷茫和晦涩既是业余读者的感受，也可能是专业诗人的写作指向，区别是两者对这些诗歌特征的价值判断截然不同。无聊、迷茫和晦涩是当代诗的真实特征，但诗人们对它的认识是更加细致的、积极的。至少，诗人们会更加中立地看待他们的作品与现实的关系，不再认为作品对现实的解释必须是一种修饰或矫正，也不再认为自己具有整体解释的权力。对诗人来说，无聊、迷茫和晦涩，不是停留在诗歌身上的唯一特征，而是当代生活的普遍状态，并因此在诗人这里具有了合理性。

准确的诗歌语言所能还原的现实就是这样的图景，对于一个忠诚于诗歌和自我内心的诗人来说，无聊、迷茫和晦涩可能是必然的写作结果。诗人不会像业余读者一样消极地看待这些词语，两者之间的认识冲突正说明了在同质化压力下的孤独处境中，诗具有的可能。当代诗承认了孤独的存在，但同时认为我们可以避免被同质化的命运，因而越来越精微地刻画出个人体验，以反抗生活经验中的标准化和客体化。在某种程度上，业余读者头脑中的经验配置正是专业诗人想要去打破的。当代诗在公众中所遭受的负面评价很大程度上来自读者对诗的刻板印象，而这种成见的存在表明了当代人已被标准改造的事实。

诗歌语言的准确性无法导向读者期待的清晰性，反而抵达了另一个目的地，这是出乎意料的。当代理论从身份上提升了读者的地位，给读者赋予了另一种作者的身份，但在具体的实践中，作品却在一般读者面前显得难以接近。当代诗的发展反映了这种趋势，它在主题上的日常化内涵了价值上的平等观念，但形式上的专业化却突显了作者与读者的界线，或者是人与人的差别。理论上，诗的门槛在降低，但事实上的门槛却显得更加高不可攀。这种境况实际上也是当代社会的基本状态，现代价值赋予人在身份上的充分自由，但在具体生活中，每个人的发展空间却截然不同，并演化出阶层差距，处于相同阶层的人才能真正交流，并通过交换利益来维持自己的隐性身份。

从目的上来说，诗歌语言的准确性是为了增强人对世界体验的敏感，但在实践中却招来了敌意。诗就像一种身份符号，以它的难以理解对一般读者形成了事实上的歧视，在诗人与非诗人之间做出了区隔，而在其内部，又以不同的表达风尚划出了诗人间的边界，演化出一种政治话语。

尽管诗人的意图在于，通过诗的敏感抵御标准化现实对人的精神的辖制，但诗歌内容的精微却导致了诗歌形式上的迷茫。弗里德里克·詹姆逊在他的《后现代主义，或晚期资本主义的文化逻辑》中指出，迷茫作为意识形态使资本主义的文化统治变得更加有利，因为如果人们在当代性的迷茫中找到方向感，那么对他们的剥削便失去了先决条件。平等与自由作为普遍观念让人拥有无限可能的期望，但现实资源的有限性却需要一种安分守己的思想，迷茫或许是解决这种冲突的最好方案。从另一个角度来看，对迷茫的体验激发了当代人对控制感的要求，人们希望对自己的生活、他所接触的世界能够拥有清晰的认识和掌握，希望这个世界具有稳定的中心，以维护自我的主体意识。因而，我们或许可以善意地认为，一般读者（公众）对当代诗的质疑除了与其顽固的成见有关，实际上也包含了清晰地理解当代诗的良好期望。也就是说，当代诗带来的迷茫并不完全特殊，它是当代性迷思的一部分，只是因为与当代艺术相比，当代诗仍然更具有公共性，因而这种质疑也变得更加强烈，更容易演变出一场场大众舆论，突显诗的尴尬境遇。

如果将无聊、迷茫和晦涩理解为这种当代意识形态在诗歌身上的反映，那也意味着，诗人对现实和作品的把握其实是有限的，即使他希望自己创作的诗歌能够让人们对现实有更加清晰而积极的理解，现实本身同样左右了他的理解能力，使他无法充分自由地看待自己的经验。这种现实就是詹姆逊理论中的后现代主义意识形态。即使诗人拥有解读自己作品的权力，即使他赋予自己作品中的无聊、迷茫和晦涩等特征以积极的意涵，他也无法改变诗作为一种文化产品在整个社会中日渐消极的印象。于是，尽管当代理论已经打破了作品、作者和读者之间明确的界线，但作者和他的作品依然越来越成为孤独而封闭的存在。边缘化，是诗和诗人作为一个整体在当代社会中的文化处境。诗人们已经接受了这种处境。

边缘化的诗歌无法从外部给予诗人激励，因此，对诗人而言，写作的意义不是因为诗在社会中的地位，而来自对不真实的纠正。也就是说，诗歌对他者的价值正在被诗人悬置，鼓舞他持续创作的热情是一种对诗歌自身的正本清源。所以，优秀诗人的写作目标往往是面向文学史树立典范，而不是诗在大众中的接受，这进一步加剧了诗的专业化，提升了诗歌理解的门槛，制造出更大的迷茫。

真实的诗是一种更高的价值，而不真实的诗有待纠正。或许，诗的真实本身就具备了影响他者的能量，所以诗歌能否理解便不是人们必须重点考虑的部分了。优秀的诗人似乎都有这样的信心：他不需要获得一般读者的理解，而能够理解他的读者永远存在。在某种意义上，诗是写给诗神读的，而一个知心的读者可能就是临时扮演的诗神。

马琦作品
旗帜
FLAGS
100cm×80cm
布面丙烯
2019

马琦作品
猜测之网NO.4
NET OF SPECULATION NO.4
170cm×170cm
布面油画
2019

译介

Translation

Delmore Schwartz

1913——1966

American

poet
novelist
critic
translator

德尔莫尔·施瓦茨（Delmore Schwartz）

德尔莫尔·施瓦茨（Delmore Schwartz，1913—1966），美国诗人、小说家、评论家，也是兰波诗歌的英译者。施瓦茨1913年生于纽约市布鲁克斯镇，他的父亲的雄心是要变得富有，这个雄心在大萧条发生的前几年实现了。他死于大萧条时期，于是施瓦茨生活在骤然而至的贫困中，他的许多诗和短篇小说都取材于这一时期。经济上的破产、大萧条带来的灾难，这些主题在他的作品中反复出现。1931年施瓦茨到威斯康星大学读书，次年转入纽约大学，1935年毕业于哲学系。他作为研究生上了哈佛大学，成绩优异但没有取得学位就辍学了。从1943年至1955年，施瓦茨一直任纽约刊物《党派评论》的编辑，1955年至1957年任《新共和》杂志的诗歌编辑。在此期间，1944年，他被聘为哈佛大学英文作文副教授，1947年辞职。

施瓦茨常年受到抑郁症困扰，这在严重损害了他的健康的同时，也使他和朋友们的关系日趋紧张，他的两段婚姻也都以失败告终。从1957年到他1966年离开人世的这段生活，人们所知甚少，他曾在锡拉丘兹大学教过一段时间书，然后便住在格林威治村，其间曾几度因患“迫害妄想症”住进医院。他曾想用酗酒和吸毒的办法来缓和病情，但事与愿违，它们反而加重了他的病情。他生命中的最后一年基本是在纽约的旅馆里单独度过的，最后独自一人在曼哈顿的小旅馆中死于心脏病。没有人来认领他的尸体和财产，他最后几年的手稿也不知所终。

施瓦茨年少成名，他出版于1938年的第一部作品《在梦中开始负责任》（诗和短篇小说合集）即展示了他的文学活力和成熟的艺术技巧，因而立即赢得评论家们的高度赞扬。新批评派的主将艾伦·泰特说："他的诗歌风格是庞德和艾略特25年前成名以来唯一富有真正革命性的诗。"在大多数早期写的诗中，其中包括他写得最好的诗，施瓦茨表现为一个全神贯注的观察家。在诸如《啊城市，城市》《在赤裸的床上，在柏拉图的洞穴里》《哈姆雷特的罪恶》等诗中，他清楚地看到由城市及其无用的模式所象征的生活的平庸与丑恶。

在后期写的诗中，施瓦茨仿佛拼命将自己裹在预言者的袍子里，以松弛的长行诗句念诵着他所坚持的"诗歌的高度像群山的欣喜。/它是在清晨的国度中意识的圆满！"在比较成功的那些诗中，施瓦茨以一种令人信服的内部结构使诗的雄辩充满了生命。《塞纳河边修拉的礼拜天下午》是施瓦茨后期最负盛名的长诗，也许对修拉那幅名画的细致观察为施瓦茨提供了一个逃离主观的途径。尽管施瓦茨早期、晚期诗歌在形式上有明显的变化，但是他的诗歌始终笼罩在一层思辨的氛围下，从中不难看出施瓦茨哲学系的求学生涯对他日后诗歌创作的深远影响。

一种探求的思辨的气质紧紧约束着他对外部世界的观察，约束着他奔涌的激情，这使施瓦茨大多数诗作都可以归入所谓“理性抒情诗”的范畴。激情和理性，经验和思想，词语和想象，这些对立的因素经常可以在施瓦茨的诗中达到一种充满张力的平衡。对此，施瓦茨显然也心知肚明，在1940年发表于《南方评论》的一篇文章《托马斯·哈代的诗与信仰》中，施瓦茨写道：“诗的主题是经验，不是真理，即使诗人写的是关于思想。待到诗人能够在诗中写他感觉的完整经验时，他诗中的细节和他所承受的信仰之间就会有一种恰当的关系，无论这些细节或信仰是否真实。”虽然这段话讲的是哈代的诗，但显然也有助于我们理解施瓦茨自己的诗。在美国20世纪中期成熟起来的那批诗人中，施瓦茨显得早熟又突出，1959年出版的《夏天的知识：新旧诗歌选，1938—1958》为施瓦茨赢得1960年博林根诗歌奖，这是该奖自1948年创立以来首次颁给一位年轻的诗人。同时，施瓦茨也是获得雪莱纪念奖的最年轻诗人。许多人都认为施瓦茨原本会有一个更为远大的未来，但是疾病使这一切过早地戛然而止，后来他的朋友索尔·贝娄以施瓦茨壮志未酬的一生为蓝本创作了长篇小说《洪堡的礼物》。

译者

德尔莫尔·施瓦茨诗选（10首）

凌越、梁嘉莹 译

在赤裸的床上，在柏拉图的洞穴里

在赤裸的床上，在柏拉图的洞穴里，
顶灯的反射慢慢掠过墙面，
木匠们在放下帘子的窗户下捶打，
风整晚骚扰这些窗帘，
一队卡车吃力地往山上开，发出刺耳的声音，
像往常一样，他们的货物被覆盖着。
天花板被再次照亮，那倾斜的图案
慢慢向前掠过，
　　　　　　　　倾听着送奶工的马蹄哒哒声，
他奋力上楼梯的声音，玻璃瓶叮当作响，
我起床，点燃一支烟，
走到窗户旁。那条石头路
用建筑物的耸立、值夜的街灯，
以及马儿的耐心展示着静止。
冬天的天空是纯净的都城
驱使我带着疲惫的双眼回到床上。

陌生感在静止的空气中生长。松脱的
胶卷变成灰色。摇动的四轮马车，马蹄像瀑布般落下，
听起来遥远，逐渐增强，更响更近了。

一辆车咳嗽了一声，发动着。清晨柔和地
融化了空气，从海面下拎起
半淹着的椅子，点燃穿衣镜，
看清梳妆台和白墙。
那鸟试着叫唤，吹口哨，叫唤，
兴奋地吹口哨，确是如此！迷茫，仍然潮湿
带着睡眠，深情的，饥饿寒冷。所以，所以，
哦男人之子，那懵懂的夜，那清晨
分娩的阵痛，开始的神秘，
一而再地，
　　　　当历史未被宽恕。

平静地我们步行穿过这个四月的日子

平静地我们步行穿过这个四月的日子，
大都会的诗歌到处都是，
在公园中坐着贫民和食利者，
那些尖叫的孩子，那汽车
逃离我们，飞驰而去，
在工人和百万富翁之间
数字提供了所有的距离，
现在是一九三七年，
许多亲爱的人被带走，
你和我将变成什么
（这是我们在那学习的学校……）
除了照片和回忆？
（……时间是火，在那里我们燃烧。）

（这是我们在那学习的学校……）
在这场大火中自我是什么？
曾经我是什么，现在我是什么，

我将再次忍受和行动，
我在高中时写下的神论
修复从婴儿期开始的所有生命，
孩子们的叫喊声是明快的，当他们奔跑的时候
（这是我们在那学习的学校……）
完全陶醉在他们过去的游戏中！
（……时间是火，在那里他们燃烧。）

酷爱它的猛烈，那旋转着的大火！
我父亲和埃莱诺①在哪里？
不是他们现在在哪里，死去的七年，
而是那时他们曾是什么？
不再？不再？
从1914年到眼下的日子，
伯特·斯皮拉②和罗达③毁灭着，毁灭着
不是他们现在在哪（他们现在在哪？）
而是那时他们是什么，两人都很美丽；
每一分钟爆裂在燃烧的房间里，
伟大的地球在太阳的火中打转，
把琐碎和独特的事情抛在脑后。
（万物都在闪光！一切都在闪耀！）
那时我曾是什么，现在我是什么？
我的记忆一再修复
那最平凡日子的最稀薄的颜色：
时间是我们在其中学习的学校，
时间是我们在其中燃烧的大火。

①②③埃莱诺、伯特·斯皮拉、罗达，都是施瓦茨学生时代的朋友。

啊城市，城市

活在术语之间，活在那死亡
在搭乘的地铁上有了他的喧闹图片的地方，
置身于六百万个灵魂中，他们的呼吸
一首空洞的歌，四面受到压制，
那里飞驰的小汽车的灾难
是刮过路缘的一股疾风，那里麻木、高耸的
办公大楼崛起君临，
使我们痛苦地减少直到我们死去。

由此，如果曾经，现实将从何而来
一个声音说出心灵的认知，
阳光照在绿色的窗帘上，
清晰地表达深情的流动的自己
安逸，温暖，明亮，完全地展示着，
当一切在白色的床上铺好。

有人像从前那样剧烈地咳嗽

隔壁有人正剧烈地咳嗽，
突然兴奋地卡住他的喉咙：
谁是有病的那个人？
谁将敲那扇门，
询问怎么了，和蔼地关心，
害羞地撤回那张敏感的脸
彼此尴尬着，但双份的害羞是温柔的
——我们要管好我们忽视的事情，守住我们的地方。

但这是上帝，那个再度感冒的人，
再次无助地徘徊在这个世界上，

现在他是肺结核，他是可怜的济慈
（请原谅，噢父亲，未知的亲爱的，这个字眼，
只有漫画是清晰的，只有诅咒被听见），
渴望伊甸园，恐惧即将到来的战争。

过去，一个黄昏般的巨大阴影，
移动的街道，汽车在上面行驶，
大楼高耸，像坏掉的牙齿，
在每个侧面重复着必要性，
时代需要死亡而没有被拒绝，
犹如一个年轻人，他来到，又被再次绞死！

另一个被流放的人洗劫他内心纠结的关心，
（当烟雾在寂静中弯曲
从每一个坠落的角落）
怜悯与和平回来了，用沉重的双脚
踩踏坏掉的地板。
他们亚麻色的双手将会隐藏
在那场愚蠢的麻醉剂般令人疲惫的战争中。

诗歌王国

这像光。
　　这是光，
有用如光，同样迷人
同样令人陶醉……

……诗歌肯定
更有趣，更具价值，
比尼亚加拉瀑布、科罗拉多大峡谷、大西洋
还有其他许多令人叹服的自然现象

更迷人。
它有用如光，并同样美丽。
它荒唐
精确地，让它可能去说
一个人不可能背负起一座山岭，但一首诗可以背负所有。
它极度
令人愉快，因为诗歌可以严肃地或戏谑地说：

“诗歌比希望更好，
“因为诗歌是希望的忍耐，是所有希望鲜艳生动的画面，
“诗歌比激动更好，它令人愉快得多，
“诗歌远胜成功和胜利，它长存于宁静的幸福中
在最令人置信的丰功伟绩像烟花般涌起又落下很久以后。”
“诗歌比起任何的树林、丛林、方舟、马戏或动物园拥有的品种
是一种有力量得多并有魅力得多的动物。”

由于诗歌放大并增强着现实：
诗歌谈到现实——如果它是宏大的，它也是愚蠢的：
由于诗歌在某种程度上无所不能；
由于现实多样而丰富，有力而生动，但它不足够
因为它是无序、愚蠢或仅仅间或并不稳定地智慧一下：
由于没有诗歌，现实说不出话、语无伦次：
它是混乱的，像雷声盛大的炸裂轰隆：
它是海洋滔滔不绝的叙说之上的孔洞边缘：
由于现实的光亮和辉煌，没有诗歌，
褪色黯淡，像落日的红色歌剧，
清晨蓝色的河流和窗户。

诗歌的艺术使它有可能去说：混乱。
由于诗歌是快乐的、精确的。它说着：
“日落仿佛一场斗牛。
“一条睡着的手臂感觉像苏打水，嗞嗞作响。”

诗歌从坟墓中将过去复活，像拉撒路一般。
它将一头狮子转变成司芬克斯和一个女孩。
它给予一个女孩以拉丁音乐的辉煌。
它点水为酒在加利利的迦拿的每场婚礼上。
确实，诗歌创造了独角兽、半人马还有凤凰。
因此诗歌确实是一艘永恒的方舟，
一辆公共汽车包含，承载并产生着所有的思想动物。
正是从那里，诗歌曾给予并且现在也给予了宽恕之舌
因此诗歌的历史将是欢乐的历史，和
　　　　爱之神秘的历史
因为诗歌自发地、丰富和自由地提供
那些爱所要求的昵称及爱称，而没有它们
　　　　爱之神秘将不能被掌握。

由于诗歌像光，它就是光。
它照耀着一切，像那蓝天，用同样的蓝色正义照耀。
由于诗歌是意识的阳光：
它也是存在的果园里
　　　　知识果实的土壤：
它展示给我们城市的快乐；
它点燃现实的结构。
它是知识和笑声的源泉：
它令风趣的哨声更尖锐：
它像清晨以及清晨的长笛，反复吟唱并被陶醉。
它是永恒的第一个清晨的诞生和重生。

诗歌像老虎般敏捷，猫般机灵，橘子般鲜艳，
然而，它是不死的：它长盛不衰并盛放着；
　　　　在法老和恺撒倒下很久以后，
它比钻石都闪亮并长存，
这是因为诗歌是可能性的现状。它是
　　　　想象力的现实，

欣喜的咽喉，
意义的行动及
清晨的意义及
意义之神秘。

诗歌的赞美像群山高度的清晰。
诗歌的高度像群山的欣喜。
它是在清晨的国度中意识的圆满！

那只与我一起走的笨熊

“身体的见证”——怀特海

那只与我一起走的笨熊，
一层层蜂蜜涂抹在他的脸上，
笨手笨脚又缓慢沉重地到处移动，
每个地方的中心，
那饥饿击打着一个粗野的人
爱着糖果、愤怒和睡眠，
疯狂的勤杂工，凌乱的一切，
攀爬着大楼，踢足球，
在憎恨驾驭的城市拳击他的兄弟。

在我的身边呼吸着，那笨重的动物，
那只与我一起睡的笨熊，
为了一个糖果的世界他在睡梦中嚎叫，
甜蜜的感觉就像水的紧抱，
因为系紧的绳子他在睡梦中嚎叫
哆嗦着并展示着那在下方的黑暗。
——那趾高气扬的炫耀卖弄是惊恐的，
穿着他的礼服，鼓起他的裤子，

哆嗦着去想他抖动的肉
必定龇牙咧嘴最后什么都不是。

那不可逃避的动物与我一起走，
自从那黑色的子宫打开，他就一直跟着我，
我到哪里他到哪里，扭曲着我的姿势，
夸张的模仿，肿胀的影子，
精神动机的一个愚蠢小丑，
纠缠着并公开对抗着他自己的黑暗，
肚腩和骨头的秘密人生，
不透明的，太靠近，我的私密，仍然未知，
拉扯着去与那亲爱的人拥抱
那个我行走而他不会不在附近的人，
投入地触摸她，虽然一个词语
会裸露我的心并令我清晰，
跌跌撞撞，挣扎着，努力去投食
把我和他一起拖进他的嘴里，
在一亿种他的种类中，
食欲到处混战。

哈姆雷特的罪恶

那港口上的汽笛轰鸣着，模糊地，
被雾气笼罩，被遗忘，昨天，结局，
怀旧的，嘈杂又昏暗的悲伤，呼叫着
睡去？我想是的，还有童年，
不是打开的门不是下降着的楼梯，
那声音回答着，那选择宣告着，那
扳机在尖锐的宣告中触碰着！

一旦它到来，逃路便很小；那门

嘎吱作响，恐惧的小虫子爬遍脉络，那鬼祟的
逃亡者，回头看，看见镜子里
他的鬼魂，他可耻的眼睛，他患病的嘴。

阴暗的夏天，不祥的黄昏，轰隆的雨

1
一场暴风雨然后和那
倾盆而下、一下再下的统治
在西方聚集着灰色且渐趋黯淡的
拍电影用的长袍，还有，在那鬃毛中
光的荣耀的和白日的辉煌，金灿又无用，
耀眼，越来越耀眼，猩红色，清晰和愈加明亮，
然后一阵噼里啪啦，一阵絮絮叨叨，一阵爆裂般的雨来临了！
很快，音乐响起，喧闹起来：
温柔的雨滴轻吻那些孤独的房子，
一种憔悴的灰色抑郁的温柔舔舐着时光的玻璃。

2
再一次，一只园丁鸟在特别的寂静中发出唧唧叫声之后，
朦胧的云雾笼罩着窗玻璃
聚集了黑暗和阴霾，那光的故事和
光的荣耀的鬃毛投降，结束了
——一颗卵石——一枚戒指——窗玻璃上的一声震响，
吹袭而来，吹袭进入：蓝色又寒冷的潮汐
那壮阔的蓝色海湾的情绪，还有灰色的页岩
在大陆的壮阔海洋上降临，这日子的身体
——几乎不是怒吼的寂静中的一个原子
允许那声音形成呼吁——去呼叫：
通过点燃的光我们以为我们看见了秋天的古铜色。

夏天的知识

夏天的知识不是冬天的真相，那坠落的真相，那秋天的收成，愿景和赞誉：
这不是五月的知识，一点点长出叶子生长变绿，盛开并绽放洁白，
这不是先知，不是金秋的知识，不是成熟后变得黯淡的葡萄园，
也不是黑色的折磨，多雨和湿透的诞生知识，四月，以及分娩的阵痛，
子宫抽搐的知识，弹簧线错综复杂的动脉，割断切开，犹如那根系从黑暗的土壤
　强行打通它的道路：
对于疼痛第一次极度痛苦的感觉比死亡还惨，或者比想死的念头还惨：
没有罂粟，没有准备，没有仪式，没有幻想，只有
　　开端，如此远离所有知识和所有结论，
　　所有犹豫不决和所有幻想。
夏天的知识是绿色的知识，乡村的知识，关于成长的知识以及关于丰满和成熟的
　丰腴和圆润的柔软认知。
这是鸟的知识和感知，树木拥有的感知，当液汁攀爬至树叶、花朵和果实的时
　候，
那树根从未看见，那树根相信黑暗，和对冬天知识的无知
——那果实的知识不是由树根拥有的，在它的野心不屈不挠的黑暗中
那是信仰的条件，超越经验的概念或成就的满足。
夏天的知识不是图片的知识，也不是传说及学习的知识。
它不是从山的高度所知的知识，它不是从花园的远景中所见的深山暗泉；
它不是金色相框里静止的景色，它不是衡量和珍惜感情的句子；
它是猫的知识、鹿的知识，有着雪白的花朵和果实发育完全的植物的知识。
它是当葡萄成熟苹果红润、夏季将尽的时候，葡萄树和葡萄的死而复生的知识：
它是关于成熟的苹果的知识，当它走向坠落的成熟时节直至腐败和死亡时。
由于夏天的知识是死亡作为诞生的知识，
死亡如同土壤里的所有繁茂，花开怒放，重生。
它是关于爱的真理和成长的真理的知识：它是知识之前和之后的知识：
因此，在某种程度上，夏天的知识根本就不是知识：它是
　　第二本性，第一本性满足了，一种新生
　　和一种新的死后重生，从转变的十月，
　　燃烧的十一月中展翅翱翔。

　　那耸然而起又跌落的火焰，
　　变得越来越生动，越来越旺盛
在秋天烈焰的消耗和湮灭中达到极致。

波德莱尔

当我入睡的时候，甚至在睡眠中，
我听见，非常确定无疑的声音说这
整段文章，平淡而琐碎，
与我的事务毫无关系。

亲爱的母亲，还有任何留给我们
去开心的时间吗？我的债务已极其严重。
我的银行账户已交由法院去裁决。
我什么都不知道。我什么都不能知道。
我已失去作出努力的能力。
但现在正如从前，我对你的爱是增长的。
你总是全副武装用石头砸我，总是：
是真的。它可以追溯到童年。

在我漫长的人生中第一次
我几乎快乐起来。那本书，几乎完成了，
看起来似乎不错。它将持久，一个丰碑
对于我的执念，我的仇恨，我的厌恶。

债务和不安持续着并削弱我。
撒旦在我面前滑翔，甜蜜地说着：
“休息一天！你今天可以休息，玩耍。
今晚你会工作。”当夜晚来临时，
我的精神，因逾期还款而恐惧，
因悲伤而厌倦，因无力而瘫痪，

承诺着：“明天：我将在明天。”
明天同样的喜剧他自己会重新上演
用同样的决心，同样的软弱。

我厌恶这带家具房间的生活。
我厌恶感冒和头痛：
你知道我的奇怪生活。每天都带来
它定额的愤怒。你完全不了解
一个诗人的生活，亲爱的母亲：我必须写诗，
这最令人疲惫的职业。

今天早上我感到悲伤。不要责备我。
我在一个邮局附近的咖啡馆写信，
在台球撞击的咔哒声中，盘子碰撞的哗啦声中，
我的心怦怦直跳。我被要求去写
“讽刺漫画的历史。”我被要求去写
“雕像的历史。”我应该去写一篇
你在我心中的讽刺漫画雕像的历史吗？

虽然它会让你付出无尽的痛苦，
虽然你不敢相信它的必要性，
怀疑那概述的准确性，
请寄给我至少够花三周的钱。

马琦作品

十二

TWELVE

70cm×90cm

布面综合

2020

图书在版编目（CIP）数据

诗建设. 2021年. 秋季号 / 泉子主编. -- 武汉 : 长江文艺出版社， 2021.12
ISBN 978-7-5702-2474-6

Ⅰ. ①诗… Ⅱ. ①泉… Ⅲ. ①诗集－中国－当代
Ⅳ. ①I227

中国版本图书馆CIP数据核字(2021)第261241号

诗建设. 2021年. 秋季号
SHIJIANSHE. 2021 NIAN. QIUJIHAO

主　　编：泉　子　　副主编：江　离　胡　人　飞　廉
责任编辑：王成晨　　责任校对：毛　娟
装帧设计：杜　娟　　责任印制：邱　莉　王光兴

出版：长江出版传媒　长江文艺出版社
地址：武汉市雄楚大街268号　　邮编：430070
发行：长江文艺出版社
http://www.cjlap.com
印刷：武汉市籍缘印刷厂

开本：720毫米×1020毫米　1/16　印张：13　插页：2页
版次：2021年12月第1版　2021年12月第1次印刷
行数：6432行

定价：36.00元